CB074811

Ainda existe ESPERANÇA

Adeilson Salles

pelo espírito Luiz Sérgio

Ainda existe ESPERANÇA

intelitera
editora

O médium, Adeilson Salles, cedeu os direitos autorais deste livro à
**Escola Espírita Maria da Conceição Nogueira - anexo da
Federação Espírita Pernambucana**
CNPJ 11.001.120/0002-00
Rua Crucilandia, 41 - Bairro Afogados - Recife - PE - CEP 50830-460

Ainda existe esperança
Copyright© Intelítera Editora

Editores: *Luiz Saegusa e Claudia Zaneti Saegusa*
Direção Editorial: *Claudia Zaneti Saegusa*
Capa: *Rui Joazeiro (Traço & Compasso Estúdio)*
Imagens da Capa: *Shutterstock - Copyright: kwest e Vadim Georgiev*
Projeto Gráfico e Diagramação: *Rui Joazeiro (Traço & Compasso Estúdio)*
Revisão: *Rosemarie Giudilli*
Revisão Doutrinária: *Saulo Cesar Ribeiro da Silva*
Finalização: *Mauro Bufano*
5ª Edição: *2024*
Impressão: *Lis Gráfica e Editora*

Dados Internacionais de Catalogação na Publicação (CIP)
(Câmara Brasileira do Livro, SP, Brasil)

> Sérgio, Luiz (Espírito).
>   Ainda existe esperança / pelo espírito Luiz
> Sérgio ; (psicografia) Adeilson Salles --
> São Paulo : Intelítera Editora, 2016.
>
> **ISBN: 978-85-63808-65-3**
>
> 1. Espiritismo 2. Psicografia 3. Romance
> espírita I. Salles, Adeilson. II. Título.

16-02277   CDD-133.9

Índices para catálogo sistemático:
1. Romance espírita psicografado : Espiritismo   133.93

Intelítera Editora
Rua Lucrécia Maciel, 39 - Vila Guarani
CEP 04314-130 - São Paulo - SP
11 2369-5377
intelitera.com.br - facebook.com/intelitera

Agradeço ao espírito Luiz Sérgio
a oportunidade de ser útil.
Adeilson Salles

Para minha mãe e meus leitores.
Luiz Sérgio

Sumário

Depoimento da Mãe de Luiz Sérgio 09
Depoimento da Ex-namorada de Luiz Sérgio 11
Palavras do Médium 13
Palavras do Autor Espiritual 19

1 - Escola Sitiada 25
2 - Novo Amigo 33
3 - Novas Observações 39
4 - O Castelo do Pó 49
5 - Castelo de Ilusões 55
6 - Reflexões 61
7 - Evangelização Juvenil 67
8 - Novos Aprendizados 75
9 - Atração Sexual 85
10 - Promiscuidade e Obsessão 91
11 - Mediunidade no Jovem e na Criança 97
12 - A Palestra de Edu 105
13 - Bastidores Espirituais da Evangelização 115
14 - Evangelizadores Espirituais 123

15 - A Mediunidade de Vanda 131
16 - Eu e Allan Kardec 139
17 - O Drama de Renan 145
18 - De Volta à Escola 151
19 - Ameaças 157
20 - A Fúria de Jeferson 163
21 - Surpresa 169
22 - Novos Ares 175
23 - Jovem Médium 183
24 - Nova Vida 191
25 - Novas Esperanças 197
26 - Eduardo e Marina 203
27 - A Ilusão 209
28 - Sofrimento 215

Biografia Luiz Sérgio 220

Depoimento da Mãe de Luiz Sérgio

Como é gratificante termos consciência de que a vida não se resume, apenas, ao estágio que passamos no corpo físico. E ainda mais, quando sofremos a ausência de uma pessoa querida que se foi do nosso convívio e esse alguém volta para nos dizer: "estou vivo."

Aqui vemos que Luiz Sérgio, embora ocupando mãos desconhecidas, através do fenômeno mediúnico, ressurge de forma intensa, querendo me dizer: "mamãe, continuo trabalhando".

– "Filho querido, um dia voltaremos a nos encontrar."

Agradeço a Adeilson Salles todas as atenções que dispensou ao meu filho, como intermediário destas páginas. Elas certamente irão ajudar os seus leitores na compreensão de que nada desaparece, apenas se transforma – e a vida continua.

Adeilson, siga firme na sua tarefa. A Espiritualidade não trabalha sozinha, pois necessita dos trabalhadores encarnados – médiuns – para difundir o conhecimento espiritual para proveito dos que ainda estão caminhando no plano terreno. Não esmoreça, tenha sempre em seus propósitos a vontade de ajudar, para colher bons frutos.

Com os meus sinceros agradecimentos, desejo-lhe muita saúde e paz.

ZILDA NEVES DE CARVALHO
Mãe de Luiz Sérgio

Depoimento da Ex-namorada de Luiz Sérgio

Depois de longo tempo, o perfume de suas palavras, Luiz Sérgio, veio envolver nossos corações com a fragrância do seu amor.

Certamente, inebriados por elas, que trazem histórias repletas de ensinamentos e esclarecimentos, mostrando, muitas vezes, tristes realidades, mas, ao mesmo tempo, indicando caminho mais florido. Quantos olhos se abrirão para seguir por essa nova estrada!

Com muita emoção e carinho, Luiz Sérgio, aceitei seu convite para dizer algumas palavras que antecedem seus relatos, psicografados por Adeilson Salles quem, insistentemente, você procurou para dar continuidade ao seu trabalho espiritual junto aos jovens. Tudo isso sem deixar de ser alegre e brincalhão, mesmo tratando de assuntos de suma importância, o que denota seu crescimento espiritual. A alegria é um dos requisitos dos espíritos de luz.

Quando meus olhos depararam as primeiras frases deste livro, meu coração vibrou com a sua presença, tão marcante pela inteligência, alegria e boa vontade de ajudar. Enfim, de mais uma vez mostrar o seu amor pela juventude, sem esquecer, contudo, daqueles que deram oportunidade aos jovens de virem ao mundo – seus pais.

Esses novos caminhos, tão bem traçados por você, Luiz Sérgio, pelas mãos do escritor Adeilson Salles, se percorridos pelos jovens corações, certamente os conduzirão ao aperfeiçoamento espiritual, rumo ao amor ensinado pelo nosso Mestre Jesus.

VALQUÍRIA DE ASSUMPÇÃO GAZZE
Escritora, prima e ex-namorada de Luiz Sérgio

Palavras do Médium

Julgo serem necessárias essas palavras.

Tive contato com as obras de Luiz Sérgio há muitos anos.

O livro, *Na hora do adeus*, em especial, marcou profundamente meu coração, pois na época não havia muito tempo de minha chegada ao Espiritismo.

Sempre ouvi comentários acerca dos livros de Luiz Sérgio e que alguns deles causavam certa polêmica no meio espírita.

Assim que fui luarizado com as primeiras bênçãos do conhecimento espírita mergulhei profundamente no estudo. Participei de cursos: COEM, ESDE, e me dediquei à leitura dos livros, principalmente das obras básicas, e daquelas denominadas complementares, psicografadas pelo venerando médium Francisco Cândido Xavier, Dona Yvone A. Pereira e Divaldo Franco.

Bebi na fonte de Léon Denis, Camille Flammarion e tantos outros honoráveis escritores, tendo em Hermínio C. de Miranda um dos meus favoritos.

Assim, de certa forma, fui me "catequizando" e me tornando um dos iludidos e pretensos paladinos da pureza doutrinária, tão propalada em nosso meio.

Nessa época, jamais imaginei que um dia escreveria livros para a infância e a juventude.

A mediunidade sempre esteve presente através da intuição muito patente e clara e também da psicofonia, mas após a publicação dos primeiros livros para o público adulto, descobri a literatura infantojuvenil, e me dedicando à criança e ao jovem julguei que jamais seria convocado ao trabalho mediúnico ostensivo, embora sempre recebesse mensagens psicografadas em reuniões mediúnicas.

Em meu coração, acreditei que escrever para crianças e jovens seria o meu principal compromisso na atual encarnação.

Os anos se passaram, e em dado momento, um espírito começou a conversar comigo mentalmente e também por meio de sonhos.

Sua voz soava clara em minha mente, como se penetrasse por meus ouvidos.

Dia após dia, aquela voz falava dentro da minha cabeça, convidando-me a trabalhar mediunicamente com ele.

Então, ele se apresentou como Luiz Sérgio e me chamou ao labor mediúnico voltado para a juventude.

Imediatamente, meu ranço preconceituoso colocou-se em guarda e eu o rechacei de forma veemente.

E dizia a mim mesmo: "Luiz Sérgio? De jeito nenhum! Deve ser um obsessor que quer me afastar da literatura infantojuvenil."

Após certo tempo, a voz desapareceu e eu fiquei aliviado.

Segui escrevendo para crianças e jovens, entendendo que nada deveria mudar em meu trabalho.

O tempo novamente passou, e o trabalho cresceu ainda mais, e certa tarde, para minha surpresa, a voz voltou.

Ele novamente se identificou como Luiz Sérgio e mais uma vez me convidou ao trabalho literário, e outra vez me posicionei contrariamente.

Nessa segunda oportunidade, em que o espírito tornou a conversar comigo, embora eu relutasse em aceitar a proposta, uma dúvida nasceu em meu coração: "E se for ele mesmo?"

Lembrei do conselho de Allan Kardec: *É melhor rejeitar dez verdades do que aceitar uma mentira.*

De certa forma, esse pensamento de Kardec me confortou, e após um tempo a voz desapareceu, como na primeira vez.

Pois bem, em 2014 fui convidado a participar de um evento que se daria em 2015 no Rio de Janeiro, cujo nome é "Catedral do Som".

Esse nome me chamou atenção e o ranço preconceituoso ressurgiu dentro de mim, que pensava de quando em quando: "Que nome estranho tem esse evento."

Não me preocupei com o nome da instituição que me convidara, pois, "Catedral do Som" era o suficiente para chamar minha atenção.

Veio o ano de 2015, e com essa disposição parti para o Rio de Janeiro onde falaria para os jovens na "Catedral do Som" (onde fiz muitos amigos).

Fui acolhido amorosamente, e já no domingo pela manhã sofri um forte impacto, pois o nome do centro espírita que promovia o encontro era Centro Espírita Luiz Sérgio.

O momento da minha participação se aproximava, quando senti necessidade de me recolher para uma prece.

Procurei a dirigente e manifestei o meu desejo de recolhimento.

Nesse instante, fui convidado a conhecer a sala, "Catedral do Som", espaço criado pelos organizadores do evento para meditação e prece.

Ambiente climatizado, música suave envolvente, e frases belíssimas de canções espíritas que seriam cantadas durante o evento estavam espalhadas pela sala.

Entrei com um grupo de pessoas e todos nos acomodamos.

A porta seria fechada, permitindo-nos a meditação, e depois de quinze minutos a dirigente tornaria a nos levar, após as preces íntimas.

Todos fechamos os olhos, e a harmonia invadiu nossos corações.

No instante em que mentalmente iniciava uma prece, ouvi aquela voz novamente:

E aí cara, que bom que você está aqui!

Era a mesma voz das outras vezes, que seguiu dizendo: *Adeilson, precisamos trabalhar! Sou eu, Luiz Sérgio, e quero te convidar a trabalhar comigo em alguns textos para a galera juvenil.*

Tremenda emoção tomou conta da minha alma.

Lágrimas encharcaram meu rosto.

Disse a ele: "Me perdoe, eu não sabia..."

Ele me disse:

Não se preocupe, também sou um aprendiz! – E continuou: – *Nossos jovens precisam de mais informações do lado de cá, porque estão sendo detonados como nunca pela mídia e pelas drogas. Quero escrever, topa essa parceria? Já tenho um projeto pronto que se chama – Ainda existe esperança. – Vamos escrever?*

Aceitei o convite e passei o domingo sob o efeito desse novo encontro.

Ele se mostrou gentil, amoroso e persistente, mas principalmente humilde, o que mexeu profundamente com minhas convicções.

Voltei para casa e, de imediato, não comentei com ninguém acerca desses fatos.

Uma semana após, não satisfeito, me correspondi com um médium e educador muito respeitado no meio espírita nacional.

Contei a ele acerca do convite recebido.

As palavras dele foram de incentivo e responsabilidade com o trabalho.

Não posso deixar de citar que no evento da "Catedral do Som", sem prévio conhecimento, travei contato, ainda no saguão do hotel, com Valquíria Gazze, que mais tarde vim a saber ser ela prima e ter sido namorada de Luiz Sérgio. A quem agradeço a apresentação inicial.

Posteriormente, decidi procurá-la e contar as experiências que havia vivido junto ao espírito Luiz Sérgio.

Novo fato me surpreendeu, quando Valquíria Gazze narrou que em reuniões mediúnicas particulares, das quais ela participava, Luiz Sérgio havia revelado que estava à procura de um médium, fazia algum tempo, para realizar novo trabalho mediúnico.

Depois desses fatos, as visitas do espírito Luiz Sérgio se tornaram rotineiras e nossas conversas também.

Ele me disse que o contato diário seria para que nossos psiquismos ganhassem mais sintonia para o início do projeto. Mesmo com toda essa situação, ainda relutei intimamente, porque meu trabalho para a infância e juventude caminha muito bem e eu não tinha a necessidade de me expor.

Mas, minha alma foi tocada por esse espírito amigo, e a certeza do amparo espiritual junto com a honestidade de propósitos de Luiz Sérgio me convenceram finalmente.

Pedi amparo e ajuda a Jesus para cumprir essa tarefa, que se traduziu neste primeiro livro.

Luiz Sérgio é um espírito alegre, muito feliz, determinado, e bem ligeirinho em suas ações.

Na maioria das vezes, tenho dificuldades em acompanhar seu raciocínio rápido, é muita ideia para pouco médium, mas ele é paciente.

Continuo no aprendizado diário; nas visitas que me faz, Luiz Sérgio tem sido uma luz reveladora em minha vida.

Agradeço a Deus pela oportunidade de ser útil, a Jesus por ser o nosso guia, e a Luiz Sérgio pela imensa compreensão e aceitação das minhas parcas condições mediúnicas.

O desejo dele é sinalizar para a galera, que anda sem referência, o caminho revelado por Jesus e hoje relembrado pelo Espiritismo.

Diz Luiz Sérgio: O *Espiritismo precisa chegar ao mundo juvenil, para que o jovem seja também protagonista da transição planetária que já começou.*

Jesus nos abençoe!
Adeilson Salles

Palavras do Autor Espiritual

Se alguém acredita que já escrevi sobre tudo, está muito enganado.

Ainda há muito o que escrever e muitas histórias para contar.

Chegou o momento de descolorir as fantasias juvenis, de revelar os bastidores do que acontece por detrás das baladas e de outros acontecimentos da vida dos jovens.

Estou de volta, e com muita vontade de contar tudo que vi e vejo nas noites estreladas, que poderiam ser de pura diversão, mas que infelizmente são de piração e loucura.

Escolas sendo sitiadas pelas trevas, que fazem delas um verdadeiro QG – Quartel General das sombras.

Se não bastasse a ignorância intelectual gerada por uma educação debilitada, tem uma mais grave ainda, a ignorância espiritual, o analfabetismo do respeito e do amor.

Traficantes invisíveis infiltram-se nas escolas para escravizar nossos jovens através da caixa de pandora, que as drogas são.

Grande parte da galera está fragilizada pelos desarranjos familiares e sociais, e quando os jovens se veem diante dessa caixa atraente, que promete apresentar um mundo colorido e de prazer, mergulha de cabeça sem pensar nas consequências.

A juventude está como Alice diante do espelho, e muitos se atiram sem pensar e despertam do lado de cá, como suicidas que não encontraram o "país das maravilhas".

Sou o mesmo espírito inquieto de sempre, apressado para aprender e mais necessitado de trabalho do que nunca.

Não posso ficar numa boa enquanto vejo o império da ignorância crescer.

Alô, pessoal!

Tem muita gente se matando!!!

Nossos jovens precisam de ajuda, eles necessitam de espaço cada vez maior nas casas espíritas, porque os aliciadores invisíveis estão mais fortalecidos pela comunhão que têm com as drogas e o prazer.

As mentes juvenis sofrem verdadeiro bombardeio, e os invasores de mentes – obsessores – ganham terreno e conseguem influenciar aquela turma que vive de cabeça nas nuvens.

A mensagem espírita é um dos antídotos para prevenir esse mal.

O Espiritismo pode vacinar orientando e prevenindo contra o domínio dessas mentes parasitas.

Após passar por um curso intensivo de paciência, ou seja, aguardar a nova oportunidade de trabalho nesse campo, estou de volta.

Andei muito, e andar é comigo mesmo, visitei muitos lugares e lares, para trazer o testemunho do que anda acontecendo hoje em dia.

Violência nas escolas, rompimentos entre pais e filhos, namoro, transas, álcool e suicídio, são alguns componentes desses relatos que eu e uma turma de amigos trazemos para os leitores dessas páginas.

Nesses relatos, vamos conviver com emoções e lutas, e eu desejo que a leitura dessas histórias possa auxiliar nossos irmãos dirigentes e educadores, em geral, a perceber que não adianta apenas aplicarmos passes, precisamos unir forças e erguer bem alto a bandeira da educação, porque sem ela nada irá mudar.

Jesus iniciou o processo educativo da humanidade, e o Espiritismo veio dar prosseguimento e cumprimento a ele.

O Evangelho é a nossa cartilha, o Espiritismo o caderno de exercícios.

Para aqueles que irão se preocupar em me identificar nesse trabalho, eu digo, não se preocupem com o Luiz Sérgio rápido e questionador, porque isso não importa, o que vale aqui é a mensagem espírita, eu sou personagem secundário, o Espiritismo é o protagonista.

Precisamos levar a mensagem para as almas que se encontram adormecidas e sonolentas das coisas espirituais.

É tempo de despertar, de acordar espiritualmente.

O despertador da dor está tocando.

O Evangelho de Jesus tem o poder educativo e transformador.

A mensagem transmitida pelo autor do Eclesiastes nos ensina que há tempo para tudo sob o céu:

Tudo tem o seu tempo determinado, e há tempo para todo o propósito debaixo do céu;

Há tempo de nascer, e tempo de morrer; tempo de plantar, e tempo de arrancar o que se plantou;

Tempo de matar, e tempo de curar; tempo de derrubar, e tempo de edificar;

Tempo de chorar, e tempo de rir; tempo de prantear, e tempo de dançar;

Tempo de espalhar pedras, e tempo de ajuntar pedras; tempo de abraçar, e tempo de afastar-se de abraçar;

Tempo de buscar, e tempo de perder; tempo de guardar, e tempo de lançar fora;

Tempo de rasgar, e tempo de coser; tempo de estar calado, e tempo de falar;

Tempo de amar, e tempo de odiar; tempo de guerra, e tempo de paz.

Que proveito tem o trabalhador naquilo em que trabalha?

Tenho visto o trabalho que Deus deu aos filhos dos homens, para com ele os exercitar.

Eclesiastes, 3:1-10

Os dias de hoje nos revelam que estamos vivendo os tempos da educação.

A semente da educação espiritual precisa ser plantada, e a hora é agora.

Fico triste quando vejo portas fechadas para a presença juvenil em algumas casas espíritas, enquanto os traficantes escancaram portais e mostram castelos ilusórios aos nossos jovens.

Nós que somos aprendizes e nos esforçamos para nos tornar espíritos espíritas, temos o melhor alucinógeno que a humanidade já viu: O Evangelho.

Precisamos ser mais ousados e traficar amor!

Com Jesus a viagem é garantida, a balada é mais emocionante e nos transformamos para o mundo.

O grande barato é o da transformação interior.

Já era esse papo de querer revolucionar o mundo para ser feliz, o que dá curtição de verdade é a revolução interior, essa sim, traz uma viagem permanente.

Falo muito, ando muito, pergunto muito, choro outro tanto, sabe por quê?

Quero ficar sempre de boa com Deus, porque acredito que "ainda existe esperança", e ela se chama juventude.

Deixo meu abraço para a galera que está comigo, desde que comecei a falar como vivo daqui, para os vivos daí.

Carinho e saudade para a minha família que cresceu muito desde que vim para essa margem da vida.

Estamos separados pelo oceano da matéria, mas o sol que banha de luz a natureza é o mesmo que toca meu corpo espiritual.

Estou do outro lado da margem, morrer é isso, passar para a outra margem.

Depois de tudo que venho aprendendo aqui no mundo espiritual, a família que me recebeu na Terra: seu Júlio, meu pai, dona Zildinha, minha mãe, e meu irmão Cezinha – cresceu muito, não é mais a mesma, pois a ela se juntaram centenas de outras almas queridas que oram por mim e apoiam esse meu jeito metralhadora de ser.

Depois que morri, ou melhor, vivi, meu conceito de família foi se ampliando, não poderia ser diferente.

Família é o aprendizado de amar no lar, para no mundo amarmos muitos. Já não sei mais quem é minha mãe e meus irmãos, porque eles são muitos.

Galera, estou de volta, cheio de esperança e com a mesma vontade de trabalhar.

Vamos na fé, vamos no bem!

Luiz Sérgio

O vento sopra onde quer; ouves-lhe o ruído, mas não sabes de onde vem, nem para onde vai. Assim acontece com aquele que nasceu do Espírito.

João, 3:8

1

Escola Sitiada

Esperar, esperar e esperar para aprender.

Acreditamos sempre que estamos prontos para tudo, mas o saber é algo que vem com o tempo, e o aprendizado se renova a cada dia.

Assim, vinha sendo minha rotina e aprendizado.

Meu instrutor sempre me dizia com paciência:

– Luiz Sérgio, o tempo que dedicamos no próprio aprendizado não é tempo perdido. Existem situações que acreditamos estar preparados para atender, mas não é sempre assim. A boa vontade é importante, mas não é suficiente para fazermos o melhor. Estamos sendo convocados a auxiliar alguns jovens no mundo e retratar isso para os nossos irmãos encarnados.

Vibrei com aquelas palavras, pois entendia que chegara novamente o momento de mais uma vez servir e trabalhar, levando para aí as coisas daqui.

Não fiquei de braços cruzados em momento algum, mas decidi mergulhar nos cursos e aprendizado que, nos centros espíritas, chamamos de evangelização.

Aqui nessa dimensão, aprendemos que a vida faz todo sentido quando servimos e somos úteis.

Galera, fazemos parte de uma corrente, e cada espírito, encarnado ou desencarnado, é um elo que deve contribuir para o crescimento de todos.

Ele me olhou de maneira significativa e continuou:

– As trevas estão ganhando cada vez mais espaço e dominando os ambientes que deveriam educar, mas que estão servindo de verdadeiros quartéis generais de espíritos obsessores.

Não consegui segurar minha língua e o interrompi:

– Quartéis generais? No meu tempo de encarnado as escolas serviam para instruir...

– Infelizmente, em alguns países do mundo, as escolas perderam a identidade e a finalidade. Verdadeiras gangues de espíritos ignorantes semeiam as drogas e a violência com o desejo de manter o império do mal e o domínio sobre as mentes juvenis.

– E como vamos lidar com essa turma?

– Na verdade, precisamos despertar os corações para a necessidade da educação espiritual, a educação que propõe valores éticos e morais para uma sociedade mais equilibrada.

– Não será uma luta muito fácil, já vi tanta coisa no meu caminho...

– Sabemos disso. Tudo tem seu tempo, por isso, é chegado o momento da educação espiritual. Já tivemos o tempo dos fenômenos espíritas, das mesas girantes, das materializações – e fazendo breve pausa ele prosseguiu: – Eventos que cumpriram o papel de impressionar os sentidos. Todas essas fases foram muito importantes para construir o tempo atual e suas necessidades.

Ainda estamos aprendendo com a mensagem cristã, que não é propriedade de nenhuma religião, mas antes, um patrimônio de toda humanidade. Isso se dá também com a mensagem espírita, que é uma proposta educativa, que vem reviver os ensinamentos de Jesus. O Espiritismo também não é propriedade dos que se dizem espíritas, porque é um tratado educativo para o espírito imortal. Encontramos parte de seus postulados em todas as religiões porque são leis naturais que fazem parte da organização universal.

– Desde que fiquei vivo desse lado da vida – interrompi meu instrutor respeitosamente – meu coração e minha mente sempre aceitaram todas essas coisas de maneira natural. Entendi que todo homem de bem é um cristão, e essa realidade está contida em O Evangelho Segundo o Espiritismo, quando na mensagem, "O homem de bem", os espíritos nos falam da aquisição natural das virtudes que elevam o ser, fazendo com que ele experimente a paz.

– Isso mesmo, Luiz Sérgio! O momento é da educação, da informação que liberta e esclarece, consola e traz responsabilidade. Jesus nos pede que ajudemos os jovens a se tornarem jovens de bem. Nada de fanatismo religioso, mas é tempo de responsabilidade com a vida.

– E por onde começamos nosso trabalho? – falei de maneira apressada e esfregando as mãos.

– Vamos começar por uma escola que se transformou em quartel general de um grupo de jovens desencarnados que foram aliciadores quando viviam na Terra e seguem como aliciadores no mundo espiritual!

– Uau! Essa vai ser uma tarefa muito interessante!

— E como vai ser interessante, Luiz Sérgio! Vamos ajudar e ao mesmo tempo contar para os jovens encarnados a realidade espiritual, os bastidores das escolas e também das reuniões de evangelização dos centros espíritas.

— Quando partimos? – indaguei com emoção.

— Agora!

— Iremos só nós dois?

— Encontraremos outros companheiros nas próprias escolas e nas experiências em lares que visitaremos.

Augusto é um espírito muito simples. Um espírito que sempre demonstra amor e humildade em tudo que faz.

Desde nosso primeiro contato, quando ele me recebeu para o "Curso de Paciência", senti grande empatia com seu coração generoso.

Olhei para ele, que sorriu.

— Augusto – disse emocionado – antes de partirmos para a escola, quero agradecer por sua paciência comigo.

Nesse instante, caímos na gargalhada.

O bom humor é sinal de saúde espiritual, aprendi aqui.

— Luiz Sérgio, se contássemos na Terra que fazemos curso intensivo de paciência seríamos motivo de gozação. O homem quando encarnado acredita que o universo deve corresponder a todas as suas expectativas e quando isso não acontece ele se sente frustrado. Paciência não é inatividade, muito pelo contrário, a paciência é a ciência de toda realização exitosa. Quando nos dispomos a agir com paciência, os frutos são mais doces ao final de cada oportunidade de trabalho.

— Eu sempre tive muita dificuldade em ser paciente. Perdoe-me se o interrompi impacientemente – novamente caímos na gargalhada.

– Não se preocupe, Luiz Sérgio. Aqui nós aprendemos que a paciência de ouvir sem interromper o nosso interlocutor nos garante aprendizado consistente. A paciência do olhar não é menos importante, pois enseja ao espírito a chance de aprender observando todas as situações, as felizes e as infelizes. Quando o homem está sitiado por problemas ele não consegue, na maioria das vezes, encontrar a saída, pois sua angústia age como uma venda e por mais que se esforce ele não enxerga novos caminhos. Mas, se ele entender que a dor não é um castigo, mas uma oportunidade de crescimento, certamente no tempo correto um raio de luz nascido do seu próprio coração irá apontar uma saída, um caminho novo. E não raras vezes a dor que ele entendia ser um martírio é a ponte para outro lado muito mais feliz.

Eu admiro muito Augusto, porque ele não é um trabalhador de discurso, mas um espírito de ação.

E ele prosseguiu:

– Paciência no ouvir, paciência no olhar, paciência no agir são ações que uma vez reunidas nos remetem à ciência de amar e ajudar. São essas ações que nos levarão a um mundo melhor. Quanta gente na vida deseja apenas ser notada e ouvida. A paciência salva, ampara, e é um oportuno caminho para o perdão. Os pacientes não são tolos, pelo contrário, são aprendizes da arte de bem viver. Toda pessoa paciente é um homem de bem, um cristão, um seguidor de Jesus que ainda hoje espera com paciência o nosso despertar.

Guardei silêncio e também aquelas palavras sábias de Augusto, para minha reflexão.

Minha língua ficou coçando o céu da boca, porque inúmeras vezes desejei falar, mas por mais incrível que pareça, ouvi tudo com paciência.

Oportunamente, conto a história de Augusto, que também veio para o lado de cá vitimado por acidente.

Ele me endereçou significativo olhar, pois parecia compreender meus pensamentos.

– Luiz Sérgio, precisamos seguir.

Retribuí o sorriso daquele professor e amigo e partimos para a escola.

Deslocamo-nos rapidamente e nesse breve tempo muitas lembranças passaram por minha mente.

Lugares que visitei, amigos que fiz e outros tantos espíritos que apenas reencontrei.

Estou emocionado e feliz pelo novo trabalho.

* * * * *

Chegamos em frente a uma grande escola e na porta o movimento de jovens indo e vindo era grande, mas o que chamou minha atenção foram os espíritos desencarnados de jovens que entravam na escola e outros que ficavam na porta aguardando os alunos que chegavam.

Para minha surpresa, alguns agiam feito guardas a cuidar de uma grande fortaleza.

– Estamos diante de uma escola sitiada pelas trevas, Luiz Sérgio.

Meu coração ficou apertado, me senti triste.

Augusto prosseguiu:

– Algumas escolas tornaram-se refúgio de espíritos perturbados que desencarnaram de maneira violenta, porque quando viviam encarnados eram soldados do tráfico. É um círculo vicioso em que "jovens" espíritos desencarnados comandam e influenciam poderosamente os jovens encarnados, formando verdadeiras gangues nas duas dimensões.

— Realmente é uma escola sitiada. O que podemos fazer para ajudar?

— Precisamos observar e aprender para de fato poder ajudar. Temos a boa vontade, já é uma boa ferramenta, mas não é tudo, por isso nos preparamos para esse roteiro de trabalho.

— E as escolas estão abandonadas, Augusto?

Fiz a pergunta com certa angústia; não imaginei que as escolas pudessem ser sitiadas por espíritos obsessores.

Nada se encontra ao abandono de Deus, são os homens que se abandonam, aqui nessa escola a ajuda espiritual está presente, mas são poucos aqueles que se voltam para o amparo.

Como faz falta uma simples oração no dia a dia. Um gesto de reverência e humildade para com o Criador e as coisas por Ele ofertadas a nós – pensei.

— Quem escolhe o que pensar é o jovem, Luiz Sérgio! É ele quem decide que vida quer ter. Na fase juvenil, a mente é bombardeada de ilusões assim também na fase adulta, mas somos nós que decidimos o caminho que desejamos trilhar.

— Eu compreendo essa realidade – comentei com certa amargura.

— Por isso, estamos aqui, para levar notícias aos nossos jovens, para informar que eles não estão isentos das influências espirituais, sejam elas boas ou más. Muita literatura tem sido produzida ao longo dos anos tratando de casos de obsessão e das patologias espirituais. Agora é a hora de alardear os processos espirituais que ocorrem na vida de crianças e jovens, por isso estamos aqui.

– Augusto, você sabe que a maior parte das mensagens que enviei à dimensão física até há algum tempo tinha por endereço o coração dos jovens.

– Não é à toa que os espíritos envolvidos nesse projeto estão vinculados à tarefa com crianças e jovens. Desde o médium que nos serve de instrumento aos trabalhadores do nosso campo de ação.

– Você tem toda razão! – concordei silenciando.

– Os lares do futuro serão equilibrados à medida que a educação espiritual estiver sendo adotada nas famílias atuais. Uma criança evangelizada hoje é um jovem responsável amanhã, um jovem evangelizado hoje é um pai de família equilibrado no futuro.

2

Novo Amigo

— Augusto, que bom encontrar você aqui!

A voz do recém-chegado era de um jovem de aproximadamente dezoito anos.

— Tuco! — Augusto falou com largo sorriso. — A alegria é minha...

Eles se abraçaram com muita emoção.

— Esse é Luiz Sérgio... — Augusto disse me apresentando.

— Olá, Luiz Sérgio, seja bem-vindo! — e olhando para Augusto completou: — Vejo que trouxe reforço!

O instrutor sorrindo comentou:

— Luiz Sérgio já tem experiência como repórter em nossas atividades de socorro, principalmente nas lutas com os jovens.

— Que bom conhecê-lo, Tuco! Vamos aprender muito com você!

Ele me abraçou e afirmou com gostosa alegria:

— Tenho certeza de que aprenderei muito com você, Luiz Sérgio!

– Como andam as coisas por aqui, Tuco? – Augusto indagou com certa gravidade na voz.

– Andam muito complicadas. Os jovens traficantes do lado espiritual têm cada vez mais ascendência sobre as mentes juvenis. Eles vão se infiltrando gradativamente na vida dos nossos alunos, até conseguir influenciá-los a partir de pequenas ações, e depois disso fica mais fácil transformar alguns jovens em verdadeiras marionetes do tráfico e das perturbações espirituais.

– Notei que eles não percebem nossa presença – comentei.

– Isso mesmo, Luiz Sérgio – Tuco balançou a cabeça concordando. – A vibração deles é muito densa e viciosa, dessa forma eles não nos enxergam, mesmo na condição de desencarnados, assim como nós.

– Essa realidade nos permitirá acompanhar alguns casos bem de perto.

– Sim, Augusto, precisamos nos unir para auxiliar esses jovens, que hoje se encontram reféns de traficantes encarnados e desencarnados.

– Quem é o líder, Tuco? – perguntei curioso.

Nesse instante, Tuco apontou para a entrada da escola quando dois jovens entravam pelo portão.

Um deles, em espírito, o outro, um jovem encarnado.

O desencarnado era um parasita mental, agregado ao corpo espiritual do jovem encarnado.

As mentes estavam interligadas.

Eles mantinham estreito vínculo mental, seus corpos espirituais estavam conectados na mesma sintonia.

– O garoto encarnado chama-se Eduardo e desde cedo gosta de beber, mas tem o apelido de Pigmeu. O espírito que está ligado a ele é Jeferson, apelidado de Víbora, por ser extremamente violento. Os dois se parecem muito no comportamento e na prática da violência. Existe um vínculo entre eles que não consegui compreender.

– Ele é o chefe da escola? – indaguei ainda mais curioso.

– Sim, Luiz Sérgio, os dois são os reis do pedaço, como afirmam eles mesmos.

– Mas, são filhos amados de Deus, necessitados de amor, tanto quanto os outros – Augusto comentou, demonstrando compaixão na voz.

– A situação é muito difícil. As medidas tomadas até agora se fizeram infrutíferas – Tuco falou comovido.

– Precisamos agir amorosamente para com todas as partes, mas sem deixar de lado o rigor necessário, no que se refere à responsabilidade de cada um.

– Como combinar rigor com misericórdia, Augusto? – perguntei, desejando aprender.

– Cada parte envolvida no problema receberá auxílio, mas todos aprenderão e colherão de acordo com a semeadura feita anteriormente.

– Na semana passada – comentou Tuco – uma professora foi agredida por influência do Eduardo. Ele tirou nota baixa em português e inconformado com a situação ameaçou outro aluno, que é viciado e deve dinheiro para o tráfico. Esse garoto, de nome Claudinho, a mando de Eduardo, com medo de uma represália, atirou uma cadeira na professora, que fraturou o braço quando tentava se proteger do objeto arremessado.

– E o Jeferson? Já temos o histórico dele?

– Temos sim, Augusto. Ele desencarnou há cerca de quinze anos. Foi atropelado na avenida de uma grande cidade quando tentava fugir da polícia por entre os carros. Na época, com dezesseis anos, ele cheirava cola e praticava furtos nos semáforos da cidade.

– E a família dele? – Augusto indagou.

– O pai alcoólatra desencarnou pela bebida e durante muito tempo perambulou pela crosta e foi socorrido. Foi a única notícia que tivemos dele. Já a mãe, mulher dedicada e de grande coração também desencarnou vítima de grave enfermidade degenerativa, mas isso, quando o Jeferson ainda era criança de colo. A mãe dele desencarnou quando ele tinha dois anos de idade.

A movimentação na entrada da escola era intensa.

Alguns jovens entravam seguidos de perto por seus espíritos protetores.

Entidades amorosas que os acompanhavam, caminhavam com seus tutelados para o interior da sala de aula.

Não resisti e perguntei a um desses espíritos que passava por nós:

– Vai assistir à aula com essa garota?

– Vou sim – a entidade amorosa que acompanhava a aluna respondeu com afabilidade. – Necessito estar vigilante, porque ela vem sendo assediada e convidada, constantemente, a experimentar maconha. Sou responsável pela orientação da Regininha e farei tudo que for possível para protegê-la das investidas do mal.

Olhei para aquele quadro emocionante e comentei:

– Deus faz de tudo para amparar e proteger seus filhos, não é mesmo, Augusto?

– Isso mesmo, Luiz Sérgio, a Regininha tem grande proteção espiritual e isso de fato a ajuda para seguir estudando em um ambiente como esse.

Nesse momento, passou outro garoto por mim, e junto a ele um espírito de aspecto desagradável, também juvenil, e com a mão sobre o ombro do jovem repetia insistentemente:

– Para que ir à escola? Vamos vazar daqui! Pelo menos

na primeira aula, que é matemática. Quem é que quer saber de números?

Nesse instante, o espírito de um senhor de cabelos grisalhos aproximou-se do estudante que estava sendo assediado pelo garoto invisível e disse com tom enérgico:

– Deixe-o em paz! Não insista em invadir a mente do meu neto, ele não se entregará ao vício!

Aborrecido com a presença protetora do avô desse aluno o garoto invisível enfurecido se afastou, dizendo:

– Não esquenta, coroa, eu ainda vou pegar o seu neto e levar para a nossa turma!

– O que presenciamos aqui é algo terrível e sinistro.

– Isso mesmo, Luiz! – Augusto concordou e esclareceu. – Mas ainda existe esperança, e ela reside no próprio jovem. Por isso, devemos empreender todos os esforços para semear as verdades espirituais em todos os corações.

As palavras do meu instrutor tocaram fundo meu coração, emocionei-me.

E ele prosseguiu:

– O mundo espiritual não é lá! Não existe uma região localizada no espaço, o mundo espiritual está em tudo e em todos. A influência espiritual é de todas as horas e não de alguns ambientes, ou instantes, e ela se dá na manifestação de um singelo pensamento. Por mais que a emissão mental seja despretensiosa, ela é fonte de energia e se espalha pelo universo esparzindo vibrações de paz ou miasmas pestilentos. Para todo tipo de pensamento uma energia afim se agrega, potencializando a carga, boa ou má, emitida. Somos os construtores do universo, o princípio inteligente com poder cocriador, cuja argamassa é o pensamento. Por isso, cuidado, meus amigos, sejamos vigilantes no pensar, pois há perigo na próxima esquina, não estamos imunes e podemos agregar energias nocivas à nossa estrutura perispiritual. Os jovens não se apercebem que seus próprios pensamentos geram dores de cabeça, angústia, inquietação, desespero e desânimo. Pensou atraiu, pensou sentiu, pensou emitiu, pensou agregou à boa ou à má energia.

Preferi silenciar e seguir observando o movimento de entrada na escola, porque após as palavras do meu instrutor eu tinha muito o que refletir.

Tuco me olhou de maneira significativa e pareceu concordar comigo, pois balançava a cabeça positivamente.

3

Novas Observações

A vontade que sinto em meu coração é de sair correndo para todos os lados e ajudar todo mundo.

Quando vim para esse lado da vida, me deixei levar muitas vezes pela crença de que me faria ouvir por aqueles que desejava auxiliar.

Experimentei muita frustração, porque a decisão deve partir primeiramente da pessoa necessitada.

Se aquele que necessita não abrir a porta do coração com boa vontade, nada pode acontecer.

É como se o coração fosse uma casa, que só pode ter sua porta aberta pelo lado de dentro; ficamos do lado de fora ouvindo os pedidos de ajuda, mas só podemos entrar se o morador virar a chave, destrancando a porta da alma.

Demorei muito a compreender que cada espírito é como um compositor, cada qual compõe sua canção.

A gente até que tenta inspirar notas musicais harmoniosas, mas a música é composta de acordo com a afinação do coração.

Resumindo, é preciso que exista parceria de um lado e de outro, caso contrário a gente ouve apenas música de uma nota só.

Vendo aquela galera passar por nós, para o interior da escola, junto com suas companhias espirituais, constatei que muita gente anda compondo a própria infelicidade.

Mas se depender da gente, as composições nessa escola irão mudar, porque o amor pode transformar tudo.

Fui interrompido em meus pensamentos por Tuco:

– Essa é a diretora. Dona Tereza!

– Ela também tem companhia espiritual – afirmei.

– Não poderia ser diferente, não é, Luiz Sérgio? Sabemos por experiência que todos vivemos cercados por uma nuvem de testemunhas.

– Ela tem o semblante carregado e triste, é isso mesmo, Tuco?

– É verdade, Luiz Sérgio, nossa diretora vive se queixando da vida e sendo vítima de depressões promovidas por companhias espirituais desequilibradas. Reclama dos alunos, reclama dos professores, se queixa do marido e do salário.

– Precisamos agir nas lideranças.

– Como assim, Augusto? – indaguei interessado.

– Precisamos agora de uma liderança positiva entre os jovens. Nosso trabalho de influência positiva deve começar pelos líderes. Nessa escola todo ambiente está carregado das piores energias e vibrações.

– Temos um garoto – mal iniciava a frase e Tuco apontou.

– Lá está ele passando pelo portão!

– Como é o nome dele? – Augusto perguntou.

– Esse é o Vagner! Garoto do bem, estudioso, mente conectada com o alto.

– Ele é médium, Tuco?

– Sim, Luiz Sérgio, ele é médium e certamente será uma ferramenta importante em nossas ações nessa escola.

– Ele está bem amparado! – Augusto afirmou.

Junto com Vagner, uma jovem entidade feminina o acompanhava.

Ela percebeu nossa presença e falou sorrindo:

– Sejam bem-vindos, parece que minhas preces foram ouvidas e o reforço chegou. Meu nome é Eleonora.

– Nosso coração está em festa em podermos trabalhar unidos pelo bem desses jovens. Sou Augusto.

Eles se abraçaram fraternalmente.

– Seja bem-vindo, Luiz Sérgio! Quando o Tuco me disse que estaria conosco nessa tarefa fiquei muito feliz.

– Eu que agradeço, Eleonora, sou mais um membro da equipe.

– Acompanho seu trabalho faz algum tempo junto aos jovens. Ansiava em conhecê-lo!

– Temos muito o que fazer por aqui! – Augusto comentou.

– E como está o jovem médium? – questionei.

– Enfrentamos algumas dificuldades, porque a direção da casa espírita é resistente à presença de jovens na reunião mediúnica.

– Ele ainda não participa das reuniões práticas? – tornei a perguntar.

– Hoje à noite teremos uma reunião no centro espírita para decidirmos sobre esse assunto – Eleonora esclareceu.

– Iremos acompanhá-la à reunião, pois para o desenvolvimento das nossas ações socorristas nessa escola necessitaremos nos utilizar da casa espírita como pronto-socorro espiritual.

Vagner será nosso instrumento de comunicação na tarefa que iniciamos – Augusto afirmou.

– E ele é bom aluno?

– Sim, Luiz Sérgio, o Vagner é muito esforçado e vem se destacando na escola por suas características morais e inteligência.

– Aí está uma porta aberta para uma influência positiva sobre todos os outros alunos.

– Não entendi, Augusto! O que quer dizer com isso?

– Ora, Luiz Sérgio, Vagner pode se tornar referência no ambiente escolar...

– Compreendo, Augusto. Com isso ele pode elevar a autoestima dos demais colegas da escola. Certamente, nos auxiliará na faxina energética que faremos por aqui.

– É claro que sim! – Augusto afirmou sorrindo.

– Vai acontecer uma disputa entre as escolas da cidade – Tuco comentou.

– É um concurso de poesia, e Vagner vai representar o colégio – Eleonora confirmou.

– A questão aqui é modificar a psicosfera ambiente, mudar a vibração. Mostrar aos jovens que eles não estão em uma escola condenada, de uma sociedade condenada.

– Você tem toda razão, Augusto. Observando o comportamento de alguns alunos, eles parecem conformados com o que há de pior. Ainda existe esperança...

– Verdade, Luiz Sérgio! Ainda existe esperança... – Eleonora concordou.

Nesse instante, o sinal de início da primeira aula tocou, mas muitos alunos ainda passam vagarosamente por nós.

Foram muitas as entidades que nos cumprimentaram carinhosamente.

Espíritos familiares e protetores dos alunos.

Todas reconheciam que ações inteligentes necessitavam ser tomadas, para que a escola pudesse viver novo período de progresso e harmonia.

— Tivemos, tempos atrás, um crime na quadra da escola. Um dos garotos envolvido com as drogas foi morto por traficantes.

— E por qual motivo isso aconteceu, Eleonora?

— Dívida com drogas, Luiz Sérgio. É muito triste falar disso, mas essa é a realidade. Um garoto de quinze anos foi morto aqui por dever aos traficantes.

— Ele era usuário de drogas? – eu insisti em saber para bem mais avaliar nossa atuação.

— O nome dele era Plinio, ele vendia drogas e sumiu com certa quantidade, por isso pagou com a vida física – Tuco esclareceu.

— Há quanto tempo você está nessa escola, Tuco? – indaguei.

— Vim para essa escola há pouco mais de três anos. Venho acompanhando a deterioração e a tomada da escola pela gangue do Jeferson, que foi chegando junto com a distribuição de drogas feita pelo Eduardo. Prefiro evitar os apelidos dos garotos e chamá-los pelos nomes.

— Faz muito bem, Tuco! Os apelidos muitas vezes vêm carregados de energias ruins, como no caso de Jeferson (Víbora) e de Eduardo (Pigmeu) – Augusto comentou.

— Você não vai acompanhar Vagner até a aula?

— Não, Luiz Sérgio, ele está bem equilibrado, seus pensamentos estão em harmonia e tudo corre bem.

— Então, devo deduzir que ele tenha uma família estruturada e tudo está dando certo em sua vida? – questionei.

— Infelizmente, não é essa a realidade de Vagner. Ele é órfão de pai e vive com muitas dificuldades ao lado da mãe. Embora tenha dezesseis anos, ele já trabalha para auxiliar a mãe no sustento da casa onde mais dois irmãos menores requisitam atenção especial. A mãe lava e passa, além de fazer faxinas. Ele lava carros trabalhando em uma dessas lojas de cuidados automotivos. Vivem com dificuldades materiais, mas vivem bem no aspecto espiritual. Toda família participa de atividades na casa espírita, o que os auxilia muito; a mãe dele é passista – Eleonora esclareceu.

– Ele é um garoto que faz preces rotineiramente. A mãe, dona Matilde, promove a reunião do evangelho no lar, semanalmente – Tuco falou entusiasmado.

– Não estamos falando de um jovem com comportamento de santo, um alienado, mas de um garoto que vem se esforçando para superar as dificuldades da vida. Ele leva a sério as orientações espirituais que recebe em casa, por essa característica vem se revelando um bom instrumento e promovendo a própria paz. Mas é um garoto como os demais: gosta de música, jogos eletrônicos e de todas as diversões comuns à idade.

Fiquei refletindo na importância da prece em família.

Se as pessoas pudessem avaliar o quanto é importante uma reunião familiar para cuidar das coisas espirituais...

A família que se une em torno da oração evita muitos males e se fortalece espiritualmente.

É como se todo grupo se reunisse para juntos promoverem uma higienização psíquica do lar.

Ocorre uma limpeza da psicosfera, onde entidades infelizes são afastadas do ambiente e a perturbação espiritual é evitada.

Se a família, independentemente da crença, se unisse rotineiramente para uma prece muitas lágrimas seriam evitadas.

A prece fortalece o ambiente, harmoniza os corações e integra a família.

Meus pensamentos foram interrompidos quando uma garota, de cabelos azuis, chamou nossa atenção ao passar correndo em direção à sua sala de aula.

– Vamos acompanhá-la, venham! – Tuco nos convidou já caminhando para o interior da escola.

Entramos na sala de aula e observamos a garota que falava grosseiramente para outra garota:

– Qual é a sua? Tá a fim de levar uma surra? Já te falei para ficar longe do Juan...

– Se liga garota, ele é livre para ficar com quem ele quiser...

Do lado espiritual, duas entidades femininas, perversas, assopravam no ouvido das duas garotas:

– Queremos briga, queremos sangue, queremos porrada...

À medida que os espíritos ainda apegados ao mal insuflavam energias e pensamentos de rivalidade, mais as jovens se inflamavam e já iam partir para a pancadaria.

Uma roda de colegas de classe se formou em torno das duas e, naquele momento, os encarnados também passaram a gritar, pedindo briga.

– Precisamos fazer alguma coisa, Tuco! – falei preocupado.

Olhei à minha volta e me surpreendi – Tuco não estava.

Como se adivinhasse minha preocupação, Augusto esclareceu:

– Tuco foi buscar ajuda!

Novamente fui surpreendido, ele retornou acompanhado por uma senhora de fisionomia austera que disse em voz alta:

– Já chega, Ione! Pode parar, Sabrina!

Ela se interpôs entre as garotas e, aos poucos, a situação foi sendo controlada.

As meninas trocaram acusações e juraram acertar as contas depois, mas a voz enérgica da recém-chegada as convidou:

— As duas, me acompanhem agora!

— O que você fez, Tuco?

— A única coisa que se podia fazer e que já fiz tantas outras vezes. Estou bem treinado e consigo influenciar a dona Cida com certa facilidade. Isso sempre se repete, por um motivo ou por outro. A inspetora de alunos se preocupa de verdade com todos eles e tem sido um anjo bom na vida desses jovens.

Eleonora, que permanecera junto ao grupo, comentou:

— Dona Cida tem sido um instrumento útil e já evitou grandes males por aqui.

— Temos muita coisa pela frente, amigos! A situação pede providências urgentes, precisamos colocar as mãos no trabalho. Temos de atender e auxiliar alguns personagens dessa escola para que, aos poucos, a ajuda possa surtir efeito. Agora, as ações são emergenciais, depois serão educativas – Augusto afirmou.

— E começaremos por quem?

— Vamos acompanhar Jeferson, Luiz Sérgio, pois necessitamos identificar as situações que o levaram a seguir como infrator no mundo espiritual.

— Quando vejo e penso na força que os jovens têm, e que muitos deles se encontram perdidos, desperdiçando suas vidas com drogas e violência, me sinto profundamente triste.

— Sinto o mesmo que você, Luiz Sérgio – Eleonora concordou, emocionada.

— Então, vamos mergulhar no trabalho, porque há muito o que fazer!

— Sim, Augusto! Tem toda razão. Nesse tempo que acompanho os alunos dessa escola meu coração se afeiçoou a todos.

Olho para Jeferson e Eduardo e tenho certeza de que eles estão entorpecidos pela ignorância e que um dia despertarão para os bons sentimentos e para as virtudes que carregam dentro de si.

– Isso mesmo, Tuco. Os jovens são celeiros de luz e necessitam apenas despertar – concordei emocionado.

Já presenciei muitas situações dolorosas, mas cada caso que encontro mexe comigo de maneira especial.

Um jovem perdido nas drogas é uma esperança a menos para um mundo melhor.

Embora saibamos que todos são espíritos imortais e que podem alterar as suas trajetórias, ainda assim é muito triste.

A luta contra as drogas pode minimizar os efeitos que esse mal produz na sociedade apenas pela força da educação.

A educação previne, por isso o assunto drogas deve ser tratado nas escolas desde a infância.

Educar a respeito desse assunto é aplicar medicamento preventivo no coração das nossas crianças e jovens.

Com alguns jovens a educação pode até fracassar, mas certamente o quadro terrível dos dias atuais seria alterado.

4

O Castelo do Pó

– Certamente, Jeferson está ligado a uma falange de espíritos voltados ao crime.

– Isso mesmo, Augusto, ele faz parte de uma organização das trevas que deseja manter esse estado de coisas – Tuco comentou preocupado.

– Vamos acompanhá-lo para identificar quais serão as nossas primeiras ações – Augusto sugeriu.

Jeferson afastou-se de Eduardo, e procuramos segui-lo.

Aqui desse lado da vida observamos a realidade do ensinamento de Jesus: *Porque onde estiver o vosso tesouro, aí estará também o vosso coração.* Mateus, 6:21. Pelo pensamento, Jeferson se deslocou imediatamente para região densa e inóspita onde seu coração estava preso. Seguíamos de perto sua movimentação.

Ele se aproximou de uma construção que nos lembrava os velhos castelos da Europa medieval com detalhes góticos.

Uma verdadeira fortaleza.

No grande portão, sentinelas vestidas de negro com armas prateadas semelhantes às lanças da época medieval.

No alto das muralhas, estrategicamente distribuídas, algumas guaritas tinham guardas que observavam o que acontecia nos arredores.

– São os guardiões do tráfico. Estamos no portão de entrada do Castelo do Pó – informou Tuco.

– Aqui nesse lugar estão alguns dos espíritos com mais influência na área das drogas – alertou Augusto.

– Castelo do Pó? Ainda bem que eles não percebem nossa presença, isso nos dá oportunidade de conhecer mais a fundo o que se passa nesse lugar. É um castelo parecido com os da Terra, tal qual eu via nos filmes.

– Isso mesmo, Luiz Sérgio, mas o aspecto é assustador, pois foi construído por mentes inteligentíssimas, mas vinculadas às drogas – Eleonora comentou.

– Temos informações de que existe um setor dentro dessa fortaleza que funciona como laboratório. Aqui são treinados os aliciadores do mundo invisível para atuar no mundo visível.

– Laboratório, Augusto? – indaguei surpreso.

– Isso mesmo – Tuco se adiantou, respondendo. – Aqui são feitas pesquisas para a elaboração de novos tipos de drogas a serem inspiradas aos manipuladores encarnados.

– É verdade, Luiz Sérgio! Muitas drogas utilizadas pelos encarnados nos dias atuais foram primeiramente plasmadas aqui – Eleonora afirmou com convicção.

– Então, podemos deduzir que a união das mentes ligadas ao vício é que gera as novas experiências químicas e consequentemente a fórmula das drogas. Existem encarnados, muitos "traficantes médiuns", é claro. São esses os manipuladores. As mentes daqui inspiram os médiuns ligados ao vício para disseminação de mais tipos de drogas.

– Isso, Luiz! – Tuco disse convicto.

– E quem comanda esse complexo do mal? – perguntei ansioso.

– Há alguns anos, houve uma mudança no comando desse lugar com a volta de um famoso traficante latino-americano da Terra. Você não soube desse fato?

– Eu tomei conhecimento, Augusto, mas imaginava que ele padeceria um bom tempo por todo equívoco que praticou.

– Ele passou pela perturbação que a morte impõe a todas as criaturas, umas mais e outras menos, mas logo foi resgatado por seus parceiros de crime. E o mais rápido possível assumiu a liderança do castelo. Sua mente, embotada no mundo das drogas, fez com que ele fosse rapidamente levado para onde está o tesouro que seu coração cultiva.

– E como ele lida com as perseguições espirituais que sofre? Porque suas vítimas certamente o buscam para uma vingança – perguntei.

– Esse nosso irmão, cujo perispírito se encontra em processo de ovoidização[1], está totalmente disforme devido à sua permanência no mal. Ele ainda não tomou consciência de tudo que fez, dos crimes que perpetrou. Seus seguidores o protegem, por isso, o Castelo do Pó é essa fortaleza à nossa frente. Meditei por alguns segundos e disse:

---

1 Nota do médium: Ovóide é a forma que o perispírito de certos espíritos assume por permanecerem no círculo vicioso dos pensamentos e sentimentos desequilibrados.

– Ele deverá passar pelo processo da reencarnação compulsória certamente. Voltará às lutas do mundo em corpo físico também disforme, sabe-se lá quantas vezes, até seu perispírito, sua forma organizadora biológica, estiver novamente equilibrada energeticamente, pelo equilíbrio do espírito é claro, para que ele volte a ter uma forma humana.

– Sem dúvida, Luiz Sérgio! – Augusto concordou e completou: – Cada um de nós tem sua herança construída ao longo das etapas reencarnacionistas, sucessivas.

– O mais bonito de tudo – comentei – é que Deus não constrange seus filhos a mudar o rumo de suas ações. Ninguém fica à margem do seu amor, e quando o espírito não tem condições de discernir, a Misericórdia Divina age de maneira educativa, jamais punitiva. Progredimos à medida que ganhamos consciência e assumimos a responsabilidade consoante nossas escolhas.

– Verdade, Luiz Sérgio! Se os homens soubessem o quanto o mundo espiritual atua sobre o mundo material, a educação seria a maior prioridade de todos os governos. Vivemos sob o impacto de leis naturais e não de religiões. Toda criatura está submetida às leis que regem a vida, sejam elas espíritas, ou não. A educação que fomenta valores éticos morais é uma educação baseada nos princípios cristãos. Por isso, no futuro as escolas serão vistas tais quais "templos sagrados" e os professores, os grandes sacerdotes da transformação social.

– É verdade, Augusto! Embora o intelecto não resolva os graves problemas de ordem moral, a formação acadêmica ajuda a fomentar valores para a alma.

– Vamos entrar no Castelo do Pó, para descobrir o que Jeferson faz aqui?

– Vamos sim, Eleonora – Tuco concordou.

Enquanto todos falavam, eu pensava em como tudo isso chega até os nossos jovens e causa tanta dor para toda a família. Então, comentei:

– Esse é mais um motivo para que o Espiritismo seja divulgado de forma responsável. A realidade do intercâmbio espiritual deve ser levada e difundida entre os nossos jovens. Toda balada tem seus bastidores espirituais; assim que possível iremos visitar alguns lugares onde as armadilhas são colocadas e os aliciadores invisíveis atuam para a viciação dos jovens.

– Concordo, Luiz Sérgio, e também acredito que a escola seja o grande instrumento de transformação social. Entre os religiosos existem diferenças, e as pessoas procuram sua identidade religiosa, mas todas as crianças são enviadas para a escola. A dor ainda levará a muitas lágrimas para que o ser integral seja priorizado. Alguns conceitos vão mudar no futuro, as disciplinas escolares serão revistas, e o ser humano compreenderá que a felicidade que permanece não está ligada apenas ao sucesso acadêmico. A maioria dos pais acredita que uma vez garantido o diploma, pronto, a missão de educar está cumprida. A arte de educar, verdadeiramente, passa pela compreensão de que aquele que tem valores morais sabe bem mais usar sua capacidade profissional. O senso de humanidade e fraternidade precisa estar presente nas ações de todo homem. O caráter reto é a melhor garantia de sucesso e consequente felicidade.

– Sim, Augusto, suas palavras são esclarecedoras. Enquanto você tecia esses comentários, eu me recordava da tocante e esclarecedora mensagem de *O Evangelho Segundo o Espiritismo*, que fala do "Homem de Bem". Um trecho muito especial que não sai da minha cabeça diz:

O verdadeiro homem de bem é aquele que pratica a lei de justiça, de amor e caridade, na sua maior pureza. Se interroga a sua consciência sobre os próprios atos, pergunta se não violou essa lei, se não cometeu o mal, se fez todo o bem que podia, se não deixou escapar voluntariamente uma ocasião de ser útil, se ninguém tem do que se queixar dele, enfim, se fez aos outros aquilo que queria que os outros fizessem por ele.

Essa passagem ficou na minha mente, porque muitas vezes nos reunimos para estudar essa mensagem do capítulo XVII de O Evangelho Segundo o Espiritismo.

Quando a gente lê uma página com essa manifestação de Sabedoria e Espiritualidade é como se uma luz nos transpassasse o ser.

Aquele que já percorreu os caminhos tortuosos da ilusão e das lágrimas nunca mais será o mesmo.

A consciência se dilata de tal forma, que nunca mais volta a ser a mesma.

A indiferença passa longe.

Olhei à minha volta e percebi que meus amigos me olhavam enternecidos.

Intimamente, orei em silêncio, que durou até o convite de Augusto:

– Vamos entrar?

5

Castelo de ilusões

Passamos ao lado dos vigias que não nos identificaram a presença.

Do lado de dentro da fortaleza encontramos um pátio extenso onde uma multidão de jovens desencarnados se aglomerava com grande expectativa. Pelas características de cada um, preservadas da recente encarnação, eram jovens de países latino-americanos.

– Parece que chegamos no momento de um encontro – Tuco comentou com certa curiosidade.

Eleonora, que olhava para todos os lados, alertou:

– São muitos os jovens aqui presentes, e parece que todos estão a serviço do tráfico de drogas.

– Vamos prestar atenção no que dizem, para ver o que eles tanto aguardam! – Augusto pediu.

Localizei Jeferson junto a outro jovem e me detive no diálogo deles:

– Parece que o chefe irá falar com todos nós, Luan!

— Isso mesmo, Jeferson, receberemos novas ordens para o trabalho.

Nas conversas que ouvia, eu sentia que os jovens tinham grande respeito e devoção pelo chefe.

O pátio era retangular, e na extremidade contrária de onde nos encontrávamos havia uma parte elevada, que certamente funcionaria como um tipo de palco para o surgimento do líder daquele lugar sinistro.

O vozerio que era geral de repente deu lugar a um grande silêncio.

Não surgiu ninguém de onde eu supunha ser um palco, mas para surpresa de todos uma grande tela fluídica começou a aparecer diante dos nossos olhos.

Na tela, a figura de um homem sentado em um tipo de trono muito estranho e bizarro se fez presente.

Fixamos nosso olhar nele, e Tuco falou:

— É ele...

— Ele quem? — indaguei curioso.

— O traficante... O maior traficante de drogas que o mundo material já viu.

— O que em sua última encarnação nasceu em país latino-americano, o Pablo? — insisti.

— Ele mesmo.

— Estamos diante da Misericórdia Divina — Augusto afirmou.

— Misericórdia Divina? Com um traficante, que assassinou sabe-se lá quantas pessoas?

— Tuco, o amor de Deus se revela em permitir que cada um tenha seu livre-arbítrio e faça as próprias escolhas. É isso que acontece com todos os espíritos, encarnados e desencarnados. Após seu retorno ao mundo espiritual, ele passou pela perturbação, foi perseguido e sofreu muito, mas para um coração endurecido tal qual o dele as dores experimentadas não foram o suficiente para o próprio despertar. Observem seu perispírito e as deformidades que ele apresenta!

Fixei meu olhar naquele homem da tela e percebi que sua cabeça era muito larga, não havia pescoço.

– Realmente, ele está deformado – Eleonora também comentou.

– Dentro de algum tempo, ele não vai apresentar mais a forma humana, e por Misericórdia de Deus será conduzido a uma encarnação compulsória em corpo físico comprometido. Terá várias encarnações com muito sofrimento, na Terra e fora dela. Vai recolher, de vida em vida, todas as lágrimas que fez derramar. As Leis Divinas foram infringidas, o amor desprezado.

– Às vezes, penso se não seria melhor privá-lo da liberdade agora – Eleonora comentou entristecida.

– Eleonora, o espírito não adquire conhecimento por imposição, ele precisa aprender e assimilar. Não retroagimos quando aprendemos; uma vez que o aprendizado faça parte de maneira natural das nossas ações a evolução acontece – busquei esclarecer.

– Isso mesmo, Luiz Sérgio! E se ele está aqui feito agente alienador dessa multidão de jovens é porque os próprios jovens desejam isso. Da mesma maneira que ele foi procurado para empreender novo caminho em sua vida, os jovens aqui presentes também foram. O amor de Deus não promove exceções. Todos os espíritos, no corpo e fora dele, recebem diariamente oportunidade para refazer a caminhada. Acontece que as mudanças são proporcionais à dor que se sente, a dor que educa, que retempera a alma. Para muitos espíritos, as dores vivenciadas por esse espírito seriam suficientes para se buscar a própria redenção, mas no caso dele os apelos do mal ainda são mais fortes. O que de fato observamos aqui é o infinito amor de Deus por todos os seus filhos, porque mesmo onde enxergamos o mal, existe sempre a possibilidade de se fazer o bem.

A fala de Augusto foi interrompida pelas primeiras palavras do homem que aparecia na tela.

– Bem-vindos ao Castelo do Pó! Nossa fortaleza do prazer! Vocês são meus convidados...

Os jovens estavam de olhos fixos naquele homem de fisionomia pouco agradável, mas que detinha profunda ascendência sobre todos. Embora o aspecto repugnante, seu carisma era incontestável.

E ele continuou...

– Já aprendemos que estamos fora do corpo, não somos tolos ou iludidos com essa realidade. O que de principal sabemos é que todos os espíritos, na carne ou fora dela desejam gozar, e a vida é isso mesmo, um gozo sem fim. Se os homens querem o prazer, as drogas são a resposta. E nada melhor do que levar esse prazer para os jovens. Nunca tivemos tantos seguidores como nos dias atuais. Eles não têm sentido para suas vidas, não têm noção de nada e suas famílias os entregam de bandeja em nossas mãos. Estamos crescendo e iremos crescer cada vez mais. Temos necessidade de aliciar mais jovens que estão no corpo para que através deles, mesmo estando hoje fora do corpo, possamos curtir as baladas que eles curtem.

Por minha mente passaram, naqueles instantes, quadros dolorosos que presenciei desde que me envolvi no trabalho com jovens, anos atrás.

Famílias desfeitas, lares destruídos com a chegada das drogas.

– Queremos continuar gozando esse prazer que as drogas oferecem. Nossa organização cresce cada vez mais. Hoje temos colaboradores infiltrados na política de vários países. O dinheiro e as drogas corrompem facilmente homens e mulheres. As escolas devem ser nosso alvo principal; é na sala de aula que devemos promover a cultura do prazer. O prazer é o bem supremo da vida, já dizia Aristipo de Cirene. Vivamos para gozar, e não existe melhor passaporte do que as drogas. Já inspiramos a criação do crack, e trabalhamos sem cessar para que novas fórmulas sejam criadas e inspiradas aos nossos sensitivos ligados à nossa causa. Todos vocês são meus soldados e devem lutar para que o culto ao prazer ganhe mais adeptos no mundo.

Ele é muito inteligente e sabe perfeitamente manipular essas mentes juvenis, eu pensei.

– Como faremos para enfrentar essa verdadeira batalha entre o bem e o mal? – Tuco indagou.

– Não existe o bem e o mal, Tuco – Augusto falou em tom grave. – Existe a ignorância e a falta de conhecimento, ou seja, o que falta na verdade é "Educação". A educação que forma caracteres, como apregoou Allan Kardec, a educação que dá sentido à vida. Como enfrentar o desamor? Amando. Como lidar com a ignorância? Educando. Como esclarecer sobre esse flagelo das drogas? Conscientizando a criança, o jovem e o adulto. Isso pode e deve ser feito. A educação espiritual dá sentido à vida. Pela mediunidade, as informações são divulgadas sobre o que se passa aqui desse lado e também do lado material. Quando os desencarnados não encontrarem mais ressonância nos encarnados, para a transmissão de valores hedonistas[2], isso não irá mais acontecer. É muito natural no comportamento daqueles que estão na carne querer imputar responsabilidade aos espíritos obsessores. Todavia, o intercâmbio nefasto só ocorre porque existem mentes e corações afins para essas predileções.

As palavras de Augusto revelavam a ausência de culpados, mas trazia para nós os conceitos claros da responsabilidade que todos temos nas ocorrências da vida.

– Não desistam do trabalho, nem desanimem – continuou o líder das trevas – nada irá nos deter. Já que a morte não existe, qual é o limite para nossa organização?

E dizendo isso, deu sonora gargalhada entremeada de tosse horrível.

– Voltem para seus postos nas escolas e tragam mais jovens para nossas fileiras.

Os jovens entusiasmavam-se diante das palavras ouvidas. Finalizando o encontro, o chefe da organização disse:

– E não se preocupem com as tentativas de infiltração daqueles que se dizem seguidores daquele tal de Jesus. A vaidade e o orgulho que os divide são os nossos maiores aliados. Tudo pelo prazer! – ele falou encerrando aquele encontro.

---

2 Nota do médium: O hedonismo é uma doutrina filosófica que proclama o prazer como fim supremo da vida.

6

Reflexões

– Chega a surpreender a maneira convincente como ele se dirige aos jovens.

– É verdade, Eleonora. Ele é muito inteligente e experiente, por isso montou o maior cartel de drogas que o mundo já viu – Tuco asseverou.

– Estamos no castelo das ilusões, é isso que ficou claro para todos nós – afirmei. – Ao contemplar aquele grupo imenso de jovens, meu coração se encheu de compaixão. O histórico daqueles meninos, infelizmente, deve estar relacionado a famílias desestruturadas e de violência. Faltou amor! Faltou lar!

Senti meu coração apertado e não consegui controlar uma lágrima que deslizou por meu rosto.

Todos perceberam, e pelo silêncio que se seguiu identifiquei a solidariedade dos corações amigos.

Todos tornamos à realidade com as palavras de Augusto:

– Concordo com você, Luiz Sérgio! Faltou amor e é isso que temos para dar e vamos dar. Nosso chefe é Jesus e Ele não tomou o mundo de assalto, não impôs o Evangelho com violência. A ternura inexcedível era sua "arma", o perdão o seu discurso, por isso, devemos ter compaixão e compreensão com todas essas criaturas, que no momento estão equivocadas.

As palavras de Augusto estavam carregadas da energia da verdade, e toda verdade é natural.

– Precisamos ter consciência de que todas as nossas ações pedem amor – comentei.

– Isso mesmo, Luiz Sérgio! O amor é paciente, mas não condescendente com o erro. Não é arbitrário, mas é justo. Vamos nos esforçar por estender a mão a todos os jovens que nos busquem, mas é preciso que eles também queiram segurar nossas mãos.

– O que faremos agora, Augusto? – Tuco perguntou.

– Vamos acompanhar Jeferson até que ele saia do Castelo.

– Lá está ele junto àquele jovem de cabelo azul – apontei.

– Sim, Luiz Sérgio, vamos até eles.

– Vamos sim, Augusto! – Tuco assentiu, balançando a cabeça.

A conversa, entre os dois jovens, acontecia:

– Não estou legal, Jeferson, não aguento mais essa parada!

– Qual é Almir? Vai abandonar o barco agora?

– Eu não tenho paz, não consigo esquecer meu pai...

– Que história é essa agora? Se não estou enganado, a escola que você influencia está quase toda nas nossas mãos!

– Eu sei de tudo isso, mas de uns tempos pra cá venho tendo algumas visões...

E dizendo isso Almir começou a chorar.

– Qual é? Vai amarelar agora? Quer me contar o que tá rolando?

Almir esforçava-se para controlar o choro e não chamar a atenção dos vigias.

– Vamos sair daqui que eu te conto...

– É melhor mesmo, se alguém percebe essa sua situação sinistra vai te dedurar.

– Vamos acompanhá-los, mas sem interferir. Parece que teremos alguns momentos de emoção pela frente – Augusto nos alertou.

Entre olhares, todos assentimos com a cabeça e seguimos os dois jovens.

Chegando a uma praça muito arborizada, os dois sentam-se em um banco e Almir relatou:

– Eu mergulhei no mundo das drogas através da bebida, logo após a morte do meu pai.

Jeferson ouvia tudo silenciosamente.

– Ele era tudo para mim, pois não conheci minha mãe que morreu no meu parto. Sempre fomos grandes amigos e mesmo a nossa vida sendo muito difícil, grana curta e outros problemas, ele nunca deixou que me faltasse nada.

– Esses papos de família são sinistros. Não sou chegado nessas conversas, mas vou te ouvir... – Jeferson disse, ressabiado.

Almir respirou fundo e prosseguiu:

– Tudo ia bem, até que um dia meu pai saiu para trabalhar e morreu atropelado em sua bicicleta.

Jeferson sentiu certo desconforto com a narrativa do amigo, mas procurou se controlar.

Sentindo mais confiança no amigo, Almir continuou:

– Fiquei sozinho no mundo, porque a gente não tinha parente. Nossa casa era muito simples e foi retomada pelo proprietário, que assim que soube da morte do meu pai a pediu de volta. Sem ter pra onde ir, eu fui pra rua, porque alguns vizinhos disseram que eu ia acabar num orfanato. E vivendo na rua comecei a provar de tudo que pintava. E aí vieram as paradas, os furtos, e encontrei uma gangue que passou a ser a minha família. Durante o dia, a gente cheirava cola e assaltava e à noite, a gente dormia em porta de loja e viaduto. Certo dia, eu fui pego pela polícia e encaminhado para a instituição educativa de menores infratores. Mas, não fiquei muito tempo por lá porque fugi em uma rebelião. De tempos em tempos eu sonhava com meu pai e no sonho ele me dizia pra não roubar as pessoas, pra não usar droga.

– Muito sinistra essa sua conversa...

– Mas é verdade! Quando eu contava essas coisas pra alguém do grupo me diziam: isso é alucinação da cola. E outros falavam que eu andava cheirando muito. Até que em um dia de muita chuva, após um roubo, fui atropelado e vim pra o lado de cá.

– E seu pai? Parou de sonhar com ele?

– Se eu continuo vivo aqui deste lado, deduzo que ele também, mas nunca consegui encontrar com ele. Acho que meu velho tem vergonha de mim, pelas coisas que eu fiz.

– Acho que você não pode abandonar o trabalho agora, a nossa organização não vai deixar!

– Eu não sei o que tá acontecendo comigo, Jeferson. Meu coração sente um aperto, me dá uma vontade louca de chorar e eu só penso no meu pai.

– São as preces do pai dele que chegam até ele!

– Tem razão, Luiz Sérgio, onde a semente do amor está plantada, por mais que demore, um dia irá germinar – Augusto afirmou com sabedoria.

Eleonora e Tuco observavam tudo silenciosamente.

– Olhem... – eu falei e apontei duas entidades de semblante sereno e iluminado que se aproximavam.

Jeferson e Almir se surpreenderam com o casal que chegou esparzindo vibrações amorosas.

– Meu filho...

Almir caiu de joelhos e chorou copiosamente.

– Pa... pai... – ele balbuciou.

Jeferson incomodou-se com a cena do reencontro amoroso e correu com muita rapidez.

Tuco esboçou uma ação para segui-lo, mas Augusto o impediu.

– Deixe que ele se vá, Tuco. Tudo tem o tempo certo para acontecer...

Nesse instante, nós nos voltamos para a cena comovedora. Almir foi erguido do chão pelo pai, que muito emocionado falou:

– Está é sua mãe, meu filho.

A mulher de túnica alvinitente estendeu os braços e acolheu o jovem que não conseguia articular uma única palavra.

– Minhas preces foram atendidas, meu filho – o genitor disse com lágrimas abundantes. – Deus me permitiu reencontrar você. Você é uma joia preciosa que perdeu o brilho quando eu parti da Terra.

– Filho querido, sou sua mãe e certamente as circunstâncias que nos separaram são justas, pois sabemos que as leis de Deus são soberanas e atendem a propósitos que desconhecemos. Hoje, nos reunimos em espírito e pela primeira vez, desde a desencarnação de todos, estamos nos sentindo uma família. Agradeçamos a Deus, é o que importa agora.

Almir não falava, apenas chorava.

Amparado pelos pais, ele foi levado para uma instituição espírita localizada em uma rua que terminava na praça arborizada.

– Almir receberá os primeiros cuidados no centro espírita, onde na noite de hoje ocorrerá a reunião dos jovens. Nesse centro em especial se desenvolve uma grande atividade com esse público – Augusto comentou com ternura na voz.

– Poderemos acompanhar esse atendimento para o nosso aprendizado?

– Claro, Tuco. Luiz Sérgio não vai me perdoar se perdermos essa oportunidade de aprendizado. Essas informações precisam ser levadas através dos livros para os nossos jovens encarnados.

– Isso mesmo! Por isso estamos aqui, quero levar notícias para a galera. Os bastidores espirituais das reuniões de juventude precisam ser bem divulgados – falei, com alegria.

– Não seria mais correto que Almir fosse para uma reunião de desobsessão? – Eleonora indagou com salutar curiosidade.

– O problema de Almir não é apenas de aspecto obsessivo. Ele é jovem e os jovens espíritas podem ser protagonistas da caridade no lado espiritual também. Além do mais, a ajuda espiritual se dá conforme as necessidades do assistido – comentei, desejando esclarecer.

– E não precisaremos de médiuns para incorporação e comunicação psicofônica? – novamente Eleonora indagou com desejo de aprender.

– Aguardemos o momento da reunião para conhecer os mecanismos de amparo da Misericórdia Divina.

– Está certo, Augusto! – ela concordou sorrindo.

– Estou ansioso para a reunião da noite.

– Eu também, Luiz Sérgio! – Tuco comentou, esfregando as mãos.

Augusto apenas sorriu, com olhar carinhoso.

7

Evangelização Juvenil

Chegamos para a reunião na sala da mocidade.

Chamava nossa atenção o ambiente – leve, alegre e colorido.

Um casal de jovens já havia se antecipado e o garoto afinava o violão, enquanto ela cantarolava a letra de uma música.

Nesse instante, fomos agradavelmente surpreendidos por duas jovens entidades que em suas fisionomias não pareciam ter mais de dezoito anos.

– Zoel? – Tuco indagou emocionado.

– Tuco... Que alegria ter você aqui em nossa reunião! Essa é a Mirna...

Os cumprimentos foram efusivos, de pura alegria e contentamento.

As apresentações foram feitas, e eu que tenho a coceira do aprendizado dentro de mim, indaguei:

– Daqui a pouco um jovem será trazido para essa reunião juvenil, como ele será ajudado por vocês?

Mirna, que tinha brilho intenso no olhar e sorriso encantador, antecipou-se respondendo:

– Na verdade, ele, assim também outros jovens que são trazidos para as nossas reuniões, começam a ser socorridos nas salas ambulatoriais na dimensão espiritual do centro espírita.

– Mas, que tipo de socorro eles recebem? – Eleonora questionou curiosamente.

– Os primeiros atendimentos são os mesmos prestados para a maioria dos espíritos que se encontram em desequilíbrio. Passes calmantes são ministrados, a sonoterapia é aplicada para amenizar a rebeldia e muitas outras ações são possíveis dependendo de cada caso – Mirna esclareceu, encantando a todos com o belo sorriso.

– Cada caso é um caso – Zoel complementou.

– Mas, se eles são atendidos lá como todos os espíritos, por que necessitam passar por aqui? – Tuco fez a pergunta que eu iria fazer.

– Quando retornamos ao mundo espiritual, após a nossa desencarnação somos atendidos e readaptados conforme nossa condição de entendimento. As crianças recém-desencarnadas são atendidas por espíritos preparados para essa tarefa. Espíritos que tenham habilidade suficiente para auxiliar na transição e readaptação da nova realidade. Ninguém passa por traumas e imposições. A volta para casa não é um processo mágico em que você deixa o corpo físico e readquire plena consciência sobre tudo. Não existem atalhos, existem caminhos pelos quais todos devemos transitar – Zoel fez breve pausa e com largo sorriso prosseguiu: – Ainda falta consciência para muitas pessoas acerca da importância das reuniões juvenis, pois nos bastidores espirituais dessas reuniões muitos processos obsessivos intrincados são atendidos. Temos aqui as nossas reuniões públicas juvenis e já antecipo o convite para que vocês participem da próxima que se dará hoje ainda.

Olhei para Augusto que me sorriu com contagiante otimismo.

Nesse momento, nossa atenção se voltou para alguns jovens que chegavam com sua costumeira alegria.

– Esses jovens fazem parte do nosso grupo encarnado. Eles são muito dedicados e fiéis às reuniões juvenis. São dirigentes do grupo de jovens vinculados a essa instituição.

– "Ainda existe esperança"! – falei emocionado.

– Sim, Luiz Sérgio, ainda existe muita esperança, e os jovens são essas sementes, que se bem cultivadas através do apoio dos dirigentes espíritas tornar-se-ão os protagonistas da transição planetária.

– É verdade, Augusto! – Eleonora concordou, também emocionada.

Na sala, então, estavam presentes doze jovens encarnados.

– Esse é Edu – Zoel apontou o jovem, envolvendo-o em vibrações carinhosas. – Ele é o dirigente juvenil desse núcleo e responde pelo departamento de infância e juventude da casa espírita. Edu é portador de delicados recursos mediúnicos, e é através de suas possibilidades psíquicas que atuamos nas reuniões pelos canais intuitivos.

A sala tinha proporções bem maiores do que as vislumbradas pelos encarnados.

Mais ao fundo, algumas cadeiras estavam colocadas, mas essa disposição era observada apenas por nós.

Zoel estendeu as mãos sobre a cabeça de Edu (centro de força coronário), que de pronto registrou a sua presença sentindo leve torpor na parte frontal da cabeça.

— Galera — ele disse chamando a atenção dos outros jovens que silenciaram a conversação que mantinham — vamos começar a nossa reunião!

O garoto do violão, já acostumado àqueles momentos, começou a dedilhar suave melodia, e Edu fechou os olhos.

No mesmo instante em que os acordes do violão perfumavam o ambiente, um grupo de jovens desencarnados, entre eles Almir, entravam na sala e eram acomodados nas cadeiras por dois outros jovens espíritos que faziam parte da mocidade, do lado espiritual da casa espírita.

Zoel ergueu a fronte e, num instante de rara beleza, algumas luzes de tonalidade muito suave eram irradiadas de sua fronte invadindo toda a sala.

Para emoção de todos, ele orou:

— *Jesus, jovem amigo, Tu que representas os nossos mais belos sonhos juvenis, que conheces as nossas inquietações e rebeldias, vem ficar conosco agora. Sabemos que a Tua juventude nos é revelada pelo Teu amor que arrebata. Tu conheces o mundo íntimo de cada jovem e os desejos juvenis de mudar o mundo.* Pela mediunidade, Edu repetia cada palavra inspirada por Zoel. — *Ensina-nos Mestre, a adotar a rebeldia do, 'amai-vos uns aos outros'. Ensina-nos a conquistar a Tua paz, e não a paz dos homens.*

Meu coração disparou tamanha a emoção e minha face já estava banhada em lágrimas, pois eu nunca havia me dado conta da grandeza e presenciado uma reunião de mocidade espírita como aquela.

— *Ensina-nos a ser protagonistas da caridade e Teus representantes no mundo. Ajuda-nos a dominar a grandiosa força juvenil que irrompe em nós. Transforma a nossa re-*

beldia em instrumento de caridade e trabalho no bem. Ajuda-nos a calar quando não formos compreendidos, e faze de nós instrumentos através dos quais Teu amor se manifeste no mundo. Faze com que as ilusões da vida não algemem os sonhos coloridos da nossa juventude. Esteja conosco, Jovem Jesus, agora e sempre!

Edu refletia a paz e a serenidade que Zoel lhe transmitia pela oração.

Os jovens assistidos ficaram envolvidos todo tempo pelas suaves e amorosas vibrações vindas do mais Alto.

Tuco e Eleonora estavam de mãos dadas e de olhos brilhantes pelas lágrimas de júbilo e ventura.

Augusto, da mesma forma, irradiava no semblante o quanto as palavras de Zoel o tinham emocionado.

Mirna sorriu e Zoel intuiu Edu à leitura de uma página para reflexão de todos.

– Então, pessoal, vamos fazer a leitura de uma mensagem para o nosso aprendizado. Não podemos nos esquecer que a nossa reunião tem desdobramentos espirituais, por isso, vamos manter o coração aqui.

Nas cadeiras, alguns dos "jovens espíritos" já demonstravam sinais de inquietação.

Almir estava quieto e pensativo.

Os casos presentes eram os mais variados, mas todos eram caracterizados pela falta de educação espiritual.

A questão da desvalorização da encarnação era ponto comum entre os jovens.

Edu pegou um caderno de mensagens que Zoel vinha lhe inspirando há algum tempo.

Aleatoriamente, ele abriu o caderno e disse:

– Vou ler a mensagem que adaptamos para os nossos jovens, do capítulo V de O *Evangelho Segundo o Espiritismo*:

A felicidade não é desse mundo

Não sou feliz! A felicidade não foi feita para mim! – exclama geralmente o jovem em todas as posições sociais. Isso, meus caros jovens, prova, melhor do que todos os raciocínios possíveis, a verdade dessa máxima do Eclesiastes: 'A felicidade não é deste mundo'. Com efeito, nem a riqueza, nem o poder, nem mesmo a florida juventude são condições essenciais à felicidade. Digo mais: nem mesmo reunidas essas três condições tão desejadas, porquanto incessantemente se ouvem, no seio das classes mais privilegiadas, pessoas de todas as idades se queixarem amargamente da situação em que se encontram. Diante de tal fato, é inconcebível que as classes laboriosas e militantes invejem com tanta ânsia a posição das que parecem favorecidas da fortuna. Neste mundo, por mais que faça, cada um tem a sua parte de labor e de miséria, sua cota de sofrimentos e de decepções, donde facilmente se chega à conclusão de que a Terra é lugar de provas e expiações.

Assim, pois, os que pregam que ela é a única morada do jovem e que somente nela e numa só existência é que lhe cumpre alcançar o mais alto grau das felicidades que a sua natureza comporta, iludem-se e enganam os que os escutam, visto que demonstrado está, por experiência arquissecular, que só excepcionalmente este globo apresenta as condições necessárias à completa felicidade do jovem.

Em tese geral, afirma-se que a felicidade é uma utopia a cuja conquista as gerações se lançam sucessivamente, sem jamais lograrem alcançá-la. Se o jovem ajuizado é uma raridade neste mundo, o jovem absolutamente feliz jamais foi encontrado.

A felicidade na Terra é coisa tão passageira para o jovem que não tem como guia a ponderação que, por um ano, por um mês, uma semana de satisfação completa, todo o resto da existência é uma série de amarguras e decepções. E notai, meus caros jovens, que falo dos felizes da Terra, dos que são invejados pela multidão.

Por essa razão, se na vida da Terra sãos comuns as provas e a adversidade, é importante compreender que, em algum lugar, existem mundos mais favorecidos, onde o Espírito, mesmo limitado pelo corpo físico, possui em toda plenitude os gozos possíveis à vida humana. Tal a razão por que Deus semeou, no universo, esses belos planetas superiores para os quais os vossos esforços e as vossas tendências vos farão gravitar um dia, quando vos achardes suficientemente purificados e aperfeiçoados.

Mas, não deduzais das minhas palavras que a Terra esteja destinada para sempre a ser uma penitenciária. Não, certamente! Dos progressos já realizados, podeis facilmente deduzir os progressos futuros e, dos melhoramentos sociais conseguidos, novos e mais fecundos melhoramentos. Essa a tarefa imensa cuja execução cabe à nova doutrina que os Espíritos revelaram.

Assim, pois, meus queridos jovens, que um elevado sentimento vos anime e que cada um de vós deixe de lado os velhos comportamentos. Deveis todos dedicar-vos à propagação desse Espiritismo que já deu começo à vossa própria regeneração. Compete-vos o dever de fazer com que outros jovens participem dos raios da sagrada luz. Mãos, portanto, à obra, meus muito queridos jovens! Que nessa reunião solene todos os vossos corações sonhem com esse grandioso objetivo de preparar para as gerações futuras um mundo no qual já não seja vazia a palavra felicidade. – François – Nicolas – Madeleine, cardeal Morlot. (Paris, 1863.)[3]

---

[3] Nota do médium: Mensagem do livro O *Evangelho Segundo o Espiritismo* adaptada pelo autor espiritual.

8

Novos Aprendizados

— Conheço essa mensagem, e todas as vezes que leio ou ouço sua leitura sinto-me motivado a seguir trabalhando.

— É verdade, Luiz Sérgio! As mensagens de *O Evangelho Segundo o Espiritismo* são atuais, e os nossos jovens necessitam tomar conhecimento de tanta beleza e riqueza espiritual.

— Augusto, os jovens de hoje não têm um vocabulário rebuscado como o que encontramos no texto original e em suas traduções. Isso dificulta a compreensão – Eleonora comentou.

— Sim, você tem toda razão, Eleonora, por isso ela foi adaptada. Podemos torná-la compreensível aos nossos jovens adequando o vocabulário sem alterar o conteúdo. Os séculos passam, mas as verdades naturais não se modificam, contudo, é necessário adequar a linguagem para chegar aos corações.

— Vejam – apontei – os jovens assistidos, mesmo com as dificuldades emocionais que apresentam, todos foram beneficiados pela leitura da mensagem. Não existe paraíso na Terra, e a juventude iludida pelos gozos do mundo acredita que o planeta seja uma imensa oportunidade para gozar e curtir.

— Isso mesmo, Luiz Sérgio! — Zoel comentou, participando do assunto. — Venho trabalhando no sentido de inspirar ao nosso Edu a adaptação de algumas mensagens do Evangelho para os corações juvenis.

— Os resultados têm sido muito positivos — Mirna falou sorrindo. — Acredito que em breve teremos mais mensagens divulgadas à disposição dos nossos jovens. É uma faixa etária com pouco material evangélico doutrinário para reflexão.

— Por isso, ele está aqui! — Tuco afirmou com animação, me apontando.

— Nada me dá mais alegria do que o trabalho na literatura. Fiquei algum tempo me preparando ansiosamente para os novos desafios que chegam nesse momento. Angustiava-me receber notícias da Terra sem me atirar ao trabalho literário. Agora quero tornar a levar para os encarnados, através da literatura, tudo que tenho visto por aqui, as lições e aprendizados.

— Mas, você já tem muita literatura publicada!

— Você tem razão, Eleonora, mas ainda é muito pouco diante do que está acontecendo no mundo. Futuramente, vou escrever sobre assuntos que até há algum tempo eram considerados tabus no meio espírita.

— Então, esse não será seu único trabalho?

— Não, Eleonora, enquanto meus orientadores espirituais me permitirem, seguirei nessa tarefa.

Todos se sentiram felizes com minhas afirmações.

— Vamos nos vincular à oração, pois alguns jovens desencarnados serão atendidos.

Zoel pediu, se aproximando de Edu que coordenava os comentários acerca da mensagem lida.

Todos os jovens participaram.

Em nosso campo de ação, alguns espíritos muito amorosos, vinculados aos jovens desencarnados, adentraram a sala e dirigiram-se aos seus tutelados.

Espíritos familiares, espíritos protetores, anjos guardiães.

Do lado espiritual da vida ocorrem manifestações de alívio e alegria.

Os jovens são envolvidos em grandes vibrações de amor.

Para alguns, aquele momento soa como novo despertar, um recomeço.

Almir teve novo encontro com seus pais, mas tomado de perturbadora alucinação começou a gritar:

— Eles estão aqui, eles estão aqui para me pegar...

No momento do desequilíbrio, enfermeiros carinhosos aplicaram passes longitudinais amenizando as influências desestabilizadoras.

Ele foi colocado em uma maca e transportado dali.

O instante era delicado, mas minha curiosidade não diminuía, e Zoel, parecendo adivinhar minhas íntimas indagações, me esclareceu de boa vontade:

— Aqui nessa sala só é permitida a presença de entidades ligadas aos jovens pelos laços do sentimento edificante – e fixando seu olhar em meus olhos, prosseguiu: – Nossos irmãos obsessores são atendidos no trabalho de desobsessão especializado. Em tarefa específica, com médiuns adestrados para esse socorro, eles são atendidos como filhos muito amados de Deus. Têm a oportunidade de se manifestar e de receber as informações necessárias para a própria libertação, se assim o desejarem. Nos dramas testemunhados por nós, todas as partes envolvidas são respeitosamente acolhidas, já que somos todos filhos do mesmo Pai de amor. Nas lides da caridade, todos necessitamos de oportunidade a fim de rever nossos propósitos de vida.

– Vemos aqui uma organização cristã nos menores detalhes – falei novamente emocionado.

– Luiz Sérgio, todos nos beneficiamos de tudo, são tantas as possibilidades de aprendizado e crescimento.

– É verdade, Zoel! Quando vim para o lado de cá da vida, ganhei as lentes espirituais para enxergar bem mais as coisas e pude compreender o quanto perdi de tempo com as bobagens da minha juventude. As situações e sentimentos dilataram-se dentro de mim. As lágrimas do despertar foram muitas e me chegaram em forma de colírio abençoado, dilatando minha visão. Na Terra, eu via e não enxergava nada. Eu raciocinava, mas não pensava. Eu amava, mas não vivia o amor. Eu ria, mas não sorria.

– Todos fazemos esse trajeto, Luiz Sérgio! É nossa condição de aprendizes – Zoel afirmou sorrindo.

Breve silêncio envolveu a todos nós.

O garoto do violão começou a tocar e a cantar uma canção com ritmo mais animado.

A letra de conteúdo alegre, que falava da importância de amar, dizia assim:

Se a vida me chama
Para estar ao seu lado
Vou depressa, vou indo
Quero ser amado

Se no momento da dor
Você estiver ao meu lado
Vou correndo te abraçar
Quero ser amado

*E mesmo que seja breve
Esse nosso encontro
Quero ser amado
Para o amor estou pronto*

*Vem pra dentro do meu abraço
Vem sentir o meu amor
Sendo amado por você
Para as estrelas eu vou*

Fomos contagiados pelos acordes e pelo ritmo do violão.

Uma garota que estava sentada ao lado de Almir, durante a reunião, ficou de pé e começou a dançar ao ritmo dos acordes.

De braços dados com uma entidade que parecia ser sua mãe, ambas se balançavam com a alegria do amor.

– Parece que ela está feliz! – comentei.

– A saúde espiritual se manifesta pela alegria de viver – Zoel afirmou.

– E se algumas pessoas vissem a cena, diriam que estamos em momento de perturbação – falei sorrindo. – Para muitos, a cara fechada é postura dos espíritos superiores. Como estão enganados, pois eles enxergam tudo com as impressões limitadoras da carne.

– É verdade, Luiz Sérgio! – Tuco concordou.

Os jovens com sua alegria cristã elevam as vibrações do ambiente.

Daí a necessidade de que a juventude seja protagonista da prática da caridade.

Dos vários médiuns que contribuíram para a elaboração das obras da Codificação Espírita como *O Livro dos Espíritos*,

Allan Kardec recebeu a contribuição de vários médiuns, dentre os quais se destacaram três garotas, Julie e Caroline Baudin, de 15 e 18 anos, e Ruth Japhet, de 20.

O amor deve e pode manifestar por todos os corações – crianças, jovens e adultos.

O que pode limitar a ação das pessoas é o seu desconhecimento a respeito da vida, nada mais.

Minha emoção era imensa por participar de uma reunião juvenil e constatar que o amor de Deus é maravilhoso.

Na volta para o mundo espiritual, cada um é recebido conforme suas próprias condições.

A misericórdia de Deus nunca violenta quem quer que seja.

O reingresso no lado espiritual se dá conforme tenhamos vivido na Terra, mas de uma forma em que não nos falte compreensão da nossa verdadeira condição.

Deus não violenta quem quer que seja.

Cada um é cada um, cada cabeça uma sentença, como dizia minha mãe.

A cada agricultor a própria lavoura.

Até mesmo onde existe a dor, o amor se manifesta.

– Luiz Sérgio... – Augusto me chamou.

– Vai relatar tudo que está vendo por aqui?

– Sem dúvida, Augusto! Precisamos mostrar que a atuação dos espíritos no auxílio aos jovens se dá em todas as reuniões onde exista o propósito do bem.

– Verdade, Luiz! A mesma coisa acontece na evangelização das crianças.

– Estou ansioso para presenciar a reunião com as crianças.

— Aqui em nossa casa também acontece a reunião infantil, vocês não desejam participar? – Zoel perguntou sorrindo.

— Eu quero! – Tuco ergueu a mão e sorriu, antecipando-se.

— Também quero participar!

— Já estão todos convidados, Eleonora! – Mirna afirmou com olhar carregado de ternura.

— Mas, não seremos nós que apresentaremos a reunião infantil para vocês. A nossa evangelizadora, Ruth, é quem vai acompanhá-los.

— Você não atua na tarefa infantil, Zoel? – indaguei.

— Já atuei durante muito tempo com as crianças, mas venho me dedicando muito na divulgação das palestras doutrinárias voltadas aos jovens, ao lado de Edu.

— Como é isso, Zoel? – Tuco questionou.

— Na verdade, estamos começando agora com essa grande tarefa em maior escala. Ainda são poucas as instituições que abrem suas portas para que ocorra uma reunião semanal com temas voltados ao público jovem. Nos convites que têm surgido para Edu, eu procuro me valer da dedicação e responsabilidade que ele tem à divulgação do Espiritismo para a galera jovem.

— Uau! Isso é maravilhoso! E como tem sido o resultado? – questionei animado.

— A necessidade é imensa! Os jovens querem saber das coisas espirituais que têm a ver com a juventude. Estamos lutando para abrir mais portas nas queridas casas espíritas, a fim de que sejam instituídas reuniões em que os temas sejam adequados a esse público tão carente.

Um silêncio meditativo tomou conta de todos, então Mirna tomou a palavra e afirmou:

– O número de suicídios aumenta a cada dia, porque muitos jovens não aceitam os "nãos" que a vida dá. Grande parte da galera está crescendo e vivendo alienada das verdades espirituais. O jovem Jesus, o cara rebelde que nos pede para amarmos uns aos outros, é visto com preconceito por muitos.

– A teoria e o discurso precisam ser postos de lado – Zoel retomou a fala amorosamente. – Os jovens não aceitam fórmulas prontas, eles desejam participar e falar dos seus conflitos e dificuldades.

– Podemos participar de uma palestra sua? – não me contive e interrompi, indagando.

– Claro, Luiz Sérgio! Você é nosso convidado!

– Obrigado, Zoel!

– Então, vamos cuidar do Edu para que ele se mantenha equilibrado até a hora da reunião! – Mirna advertiu.

– Isso mesmo! – Zoel concordou. – Vamos acompanhá-lo essa noite para que todos possam testemunhar a luta de um jovem espírita para se manter vinculado à tarefa.

– E ele, tem muitos problemas?

– A vida dele não é um mar de rosas, Tuco. O Edu tem dificuldades para manter seus estudos e também nas lutas do lar – Mirna comentou.

– Olhem para esses jovens encarnados! – Zoel nos pediu e prosseguiu. – Cada um deles é um universo em particular. Cada qual tem seus próprios dramas e dificuldades. Vejam aquele garoto.

– O de camiseta preta?

– Sim, Augusto! Esse mesmo. O nome dele é Renan – Zoel

fez breve pausa e com tom grave na voz esclareceu: – Ele necessita de nossa assistência constante, pois vem enfrentando grandes dificuldades por sentir em si a atração por garotos.

– No campo sexual? – Tuco perguntou ansioso.

– Renan vem tendo ideias suicidas, porque não consegue lidar com a atração que sente por Elias, aquele outro garoto de boné azul.

– E quais são as ações em um caso como esse, Zoel?

– Vamos aguardar que o sono físico chegue para Renan e faremos uma visita a ele.

– Como temos o que aprender! – Eleonora comentou.

– Então, temos uma agenda já traçada. Vamos acompanhar a palestra de Edu para os jovens, conhecer os bastidores espirituais da reunião de evangelização infantil e conversar com Renan depois que ele dormir.

– Beleza, Luiz Sérgio! – Tuco disse animado, batendo a palma da mão na palma da minha mão direita.

– Não podemos esquecer de Almir!

– É verdade, Augusto! O que irá acontecer com ele agora?

– Luiz Sérgio, ele vai passar por tratamento durante um período. A mente dele ainda está impregnada por hábitos e vícios que alimentou durante o tempo que conviveu com aquela galera do tráfico de drogas.

– Ainda temos um trabalho a realizar na escola, e assim que o tempo agir retomaremos nossas ações por lá – Augusto falou com tranquilidade.

– Como assim, o tempo agir? – Tuco perguntou.

– A notícia do afastamento do Almir irá mexer com Jeferson, e nós precisamos dar um tempo para que ele possa refletir sobre isso.

Augusto tinha razão. Jeferson, assim também qualquer um de nós, tem sentimento. Por mais duro que pareça o coração dos que se rebelam contra as leis de Deus, em algum momento as carências afetivas falam mais alto.

Quem é que esquece do amor, se ele é uma semente que pulsa latente dentro do coração de todos nós?

9

Atração Sexual

Chegamos em frente a uma casa simples, porém espaçosa.
– Renan mora aqui, vamos entrar! – Zoel nos convidou.
Caminhamos até o quarto dele, e a cena que presenciamos emocionou a todos nós.

O corpo encontrava-se adormecido, mas Renan em espírito estava sentado na cama com as mãos sobre a cabeça e chorava copiosamente.

Ele não registrou nossa presença de imediato, e com um sinal Zoel pediu que observássemos o quadro.

Sem consciência de que estava fora do corpo físico, Renan dizia entre lágrimas:

– Preciso me matar, sinto nojo de mim... Se eu não me matar, meu pai me mata... – as lágrimas corriam copiosas – Já fiz de tudo para me livrar desse sentimento, mas não consigo...

Zoel aproximou-se do jovem e falou com carinho:
– Renan, não se aflija dessa maneira!
Aturdido e confuso, ele replicou:

— Mas, quem é você que invade minha casa desse jeito? Veio me assombrar e me chamar de bicha também?

— Acalme seu coração...

— Você não tem nada que ver com minha vida, como entrou aqui, por acaso agora também vejo fantasmas? Preciso dar um fim nessa vida de pesadelos!

— Sei o que você está passando, e vim ser solidário às suas lutas.

— Eu já disse isso a ele, tenho tentado aconselhá-lo tirando de sua cabeça essa ideia de suicídio, mas não tenho atingido meus objetivos. A voz era de uma entidade feminina de semblante austero e amoroso que adentrou o quarto.

— Vovó... – disse Renan, surpreso.

Emocionado e ainda em prantos, ele se abraçou à recém-chegada.

— Bons mensageiros, meu nome é Enia, minhas preces foram atendidas, que alegria vê-los aqui. Meu neto precisa de ajuda – ela falou, dirigindo-se a nós.

Nesse instante, Renan pôde vislumbrar a presença de todos.

Abraçado à avó, afirmou com revolta:

— Eu sou gay... E nesse mundo não tem lugar para pessoas como eu, por isso, preciso me matar.

— Renan – Zoel falou com sobriedade e carinho. – Você não é gay, você está gay na presente encarnação. E o suicídio de nada vai adiantar, pois você está fora do corpo e esse é um sinal claro de que é um espírito imortal. Suicidar-se irá agravar ainda mais a sua prova, que você chama de problema.

— Por que eu sou assim? É um castigo de Deus?

Observávamos tudo silenciosamente.

Quantos jovens estão em luta consigo mesmo e resvalam

no suicídio por causa dos sentimentos conflituosos que experimentam?

Passei a orar, vibrando pelo equilíbrio daquele garoto.

Olhei à minha volta e vi que Tuco, Eleonora e Mirna faziam a mesma coisa.

– Deus não castiga ninguém, Renan. Você não é gay...

– Então, eu sou um doente, uma aberração, como já fui chamado – ele interrompeu Zoel, com suas palavras de desespero.

– Acalme-se, Renan, ouça o que o nosso amigo tem a dizer – Enia procurou aconselhar.

– Você não é uma aberração e também não é gay!

Zoel conduzia com grande habilidade a complicada situação.

– Se eu não sou gay, e não sou uma aberração, eu sou o quê?

As palavras de Renan traziam em sua vibração o tom da desesperança, da mágoa e da tristeza profunda que a alma aflita experimenta em um momento grave quanto aquele.

– Você é um filho querido de Deus, alguém que ele muito ama e deseja ver feliz.

– Feliz? Como posso ser feliz, se tenho gestual delicado como uma garota, e faço as coisas sem perceber? E a cada gesto meu, ouço uma ironia, tipo: "Tão bonitinho e tão afeminado!" – Como posso lidar com isso? Com a zombaria constante?

– Você não é gay, você está gay nessa encarnação. Você vive hoje a experiência necessária à sua evolução espiritual. Nenhum de nós tem condições de sondar as leis naturais que regem a vida. Longe de ser uma aberração, pois não é, sua condição é mais uma expressão do amor na Terra que ainda não é compreendido pela maioria das criaturas. As pessoas pensam que é o corpo que ama, e isso não é realidade. Embora o desejo possa se manifestar, quem ama é o espírito, porque é nele que o amor se manifesta. Quando existe o amor verdadeiro é pelo afeto e pela comunhão psíquica que ele se manifesta. Embora o corpo revele desejo, é pela mente, pelo psiquismo que os seres se buscam. Ainda não podemos entender todos os caminhos escolhidos por Deus para que cheguemos até Ele. O desequilíbrio está na simples manifestação e satisfação do desejo. Quando se vive apenas para o gozo do corpo o espírito encontra-se enfermo. Seja em relações heterossexuais ou homoafetivas. Quem vive apenas para o sexo carrega em si grandes limitações e não tem a mínima compreensão sobre o sentido da vida.

As palavras de Zoel abriram um mundo de indagações em minha mente.

Tuco e Eleonora não piscavam.

Mirna mantinha-se serena e demonstrava profunda paz em seu semblante.

Enia derramava algumas lágrimas que, a julgar por seu semblante, eram de alívio.

Zoel ergueu os olhos ao alto, como a buscar inspiração e prosseguiu:

– Vive-se hoje no mundo uma grande confusão, e muita promiscuidade se ventila em nome da liberdade sexual. Estar gay não é uma opção, muito menos uma orientação, na verdade é uma condição para o aprendizado e burilamento da alma, do espírito, para a presente encarnação. Infelizmente, muitos jovens ainda irão se suicidar por se acreditarem aberrações, criaturas anormais. Em um planeta em que o preconceito é filho da ignorância espiritual, ainda temos muito a trabalhar para erradicar o mal gerado pela ignorância que gera a maldade. Não temos bandeiras a defender, temos Jesus por modelo e guia para nossas vidas, estejamos gays ou não. Cada um de nós é o responsável pelos dons que recebe da vida. Cada um de nós responderá pelo uso que fizer do seu livre-arbítrio. As condenações são sempre humanas, no dicionário divino não existe a palavra condenação. No âmbito celestial, a palavra de ordem mais praticada é compaixão. Deus tem um infinito amor por nós.

O semblante de Zoel irradiava imensa serenidade, de seus olhos fulguravam um brilho indescritível.

Renan revelava tranquilidade e alegria incontida. Sem dominar o júbilo que lhe ia na alma expressou:

– Eu me sinto igual a todos os outros jovens!

– Você é igual a todos os jovens, mas se cuide, pois a ignorância costuma estigmatizar e perseguir os diferentes. O que estamos aprendendo de maneira muito dolorosa é que todos nós somos responsáveis por nossa vida. As nossas experiências atuais são fruto das escolhas passadas. A maioria das pessoas deseja uma resposta para as diferenças comportamentais do mundo. E Deus, em sua infinita misericórdia, demonstra pela bênção da vida que a diversidade é a maior prova do seu incomensurável amor.

Após todos aqueles ensinamentos, o silêncio se fez o insumo precioso para que refletíssemos nas próprias lutas.

Cada um de nós carrega em si dores e conflitos tenazes que só o correr dos séculos será capaz de equacionar.

A coceira da curiosidade ainda dominava minha mente, mas o momento pedia reflexão, foi o que fizemos.

10

Promiscuidade e Obsessão

Deixamos a casa de Renan, e eu fervilhava de curiosidade.

Ainda existiam alguns pontos que desejava esclarecer, e embora eu já tivesse adquirido algum conhecimento nessa área do comportamento humano, pretendia ouvir as ponderações de Zoel.

Na primeira oportunidade não perdi tempo e indaguei:

– Zoel, você poderia comentar alguma coisa sobre a obsessão no comportamento homoafetivo?

Augusto me olhou sorrindo, apoiando minha investida em adquirir novos aprendizados.

Mirna, Tuco e Eleonora demonstravam em seus semblantes o mesmo apoio.

– Bem, amigos – Zoel começou de forma jovial. – A obsessão não se revela pela condição sexual da criatura, o processo obsessivo se dá por meio do comportamento de cada um. É na intimidade da alma que se revelam os seus desajustes a se externarem nas ações. É na sede do pensamento que o espírito cultiva suas preferências. A obsessão se dá por afinidades comportamentais, quando não é movida por sentimento de vingança ou desejo de castigar o obsediado pelas próprias mãos. No caso dos comportamentos sexuais, onde haja amor e respeito não existirão influências inferiores. Embora tenhamos a configuração biológica de homem e mulher a formarem o casal, macho e fêmea, nos casos onde o amor seja real entre pessoas do mesmo sexo é o espírito que ama, e não o corpo. Mas, se a busca pelo prazer inconsequente for a tônica da vida de quem se identifica com o mesmo sexo, processos obsessivos são deflagrados, pois em nosso campo de ação muitos espíritos que foram promíscuos quando encarnados no campo da homoafetividade, prosseguem buscando a mesma promiscuidade sem o corpo físico.

– Muitos processos obsessivos encontram sua origem na persistência de um espírito, seja ele encarnado ou não, em influenciar o outro consoante seus desejos e intenções. Quem ama verdadeiramente apresenta dignidade em suas ações, não trai, não é desleal e pensa sempre no respeito que deve cultivar pela pessoa amada. Todos sabemos que o espírito, por meio de suas encarnações, busca a evolução permeada por vida em corpos femininos e masculinos. É essa dualidade que permite ao espírito vivenciar experiências psíquicas que desenvolvem as potencialidades de sua alma.

– Por que – interrompi Zoel com o desejo de aproveitar o momento enriquecedor – nesses dias de grandes transformações tantos jovens se afirmam gays?

– Será que todos são gays de fato? – Zoel contra-argumentou com sagacidade, e prosseguiu: – O homem sequer ainda compreendeu sua origem espiritual e o sentido da vida. A desagregação familiar, a falta de valores éticos morais, a partir do lar, arrebatam a juventude que se perde nos modismos e injunções midiáticas, a serviço de grandes interesses econômicos.

– A psicologia nos informa, de maneira clara e objetiva, que no florescer da adolescência o espírito encarnado anseia pela própria identificação. Muitos garotos e garotas resvalam nas experiências homoafetivas com o simples desejo de provar o diferente e também de chocar. A condição homoafetiva revela-se naturalmente desde a infância, de maneira patente, até nas preferências mais simples, desde brinquedos, até na escolha das companhias emocionais que mais acolhem o espírito que irá vivenciar essa experiência. O que atestamos hoje em dia é uma verdadeira tempestade emocional, que gera dor e imenso vazio nos corações, sem referências edificantes. Na maioria das vezes, quando o menino se revela delicado em suas ações e preferências as mães tentam esconder dos pais, para que a família não seja maculada em sua "honra". Quantos garotos não foram postos porta afora de seus lares, e se perderam na licenciosidade e promiscuidade degenerada? Sem falar no grande número de suicídios que ainda hoje acontece por causa dos sentimentos dessa natureza. Será que Deus é injusto? Por que o Criador marcaria seus próprios filhos sob o estigma do preconceito? Todos somos amados pelo Pai, porque para todos existe um propósito superior. Pessoas são mortas em todo o mundo porque apresentam uma condição sexual, que nem elas mesmas compreendem. Bendito seja o Consolador que já está entre nós, o Espiritismo, que chegou no tempo certo para livrar o homem da culpa e outorgar-lhe responsabilidade. Onde existe amor real, não existe crime. Quando o Cristo nos pediu para amarmos uns aos outros, ele não nos incitou a acolher a traição e o engodo. O

Mestre amoroso não nos pediu para amar negros ou brancos, índios ou amarelos, católicos ou protestantes, espíritas ou budistas. Ele nos pediu para que praticássemos o amor incondicional, aquele que aceita e acolhe todas as criaturas. E isso não exclui aqueles espíritos que se encontram na condição atual de perseguidores, de obsessores. Todos são amados por Jesus.

Estávamos emocionados pelas palavras de Zoel e não tínhamos coragem de interromper suas preciosas colocações.

A noite estava com especial claridade, pois a lua brilhava suspensa no espaço a refletir a glória de Deus.

O nobre amigo ergueu os olhos para o céu e falou com voz tingida de emoção:

– O universo, que é obra de Deus, tem como lei primeira o amor. Por mais que os homens aprendizes insistam em discriminar as criaturas, seja por qualquer razão, Deus não criou leis de exceção, sendo assim, todos são amados pelo nosso Pai que está nos céus. Isso não significa que não responderemos por qualquer mal que venhamos a praticar.

Ficamos em silêncio por alguns instantes...

Até que Mirna comentou:

– Muitos dos nossos equívocos acontecem quando desejamos pensar como se fôssemos "Deus". Queremos julgar, punir de acordo com nossa limitada compreensão.

– É verdade, Mirna – concordei. – As nossas interpretações sobre a vida têm a cor da nossa compreensão, ou seja, tudo tem a altura dos meus interesses. Tudo está vinculado ao meu senso de justiça e de verdade, que é claro, deixa muito a desejar.

– Isso mesmo, Luiz Sérgio! Somos orgulhosos e do nosso ponto de vista, a vida nos deve tudo. Deus criou tudo para satisfazer as minhas manias e preferências e aqueles que não se enquadram no que julgo certo, não podem participar do meu céu, das minhas verdades.

– Por que essa realidade ainda não é divulgada para os encarnados, já que tantos jovens estão sofrendo com todo tipo de problemas? – Tuco perguntou com certa aflição na voz.

– Quando observamos as coisas que vêm acontecendo no mundo acreditamos que tudo está fora de ordem. Imaginamos que existe uma bagunça generalizada no planeta, mas não é nada disso, até o que parece o caos tem ordem e permissão de Deus para acontecer. As necessidades vão sendo atendidas à medida que o amadurecimento espiritual aconteça de verdade. Nossas palavras serão distorcidas, mas chegou o momento de se falar e divulgar esses assuntos que afligem tanto pais quanto jovens.

– Já estou acostumado com perseguições! Muito do que estou escrevendo aqui será questionado, mas não estou preocupado. Se não houver provocação, ninguém vai pensar no assunto. Alguns temas incomodam, mas se tem gente sofrendo, precisamos auxiliar.

– É verdade, Luiz Sérgio. O próprio Jesus disse que não veio trazer a paz, mas a espada – Eleonora comentou.

– A verdade é sempre uma espada sobre nossas cabeças aprendizes. Vamos absorvendo, aos poucos, aprendendo devagar. O Espiritismo é uma espada, vivê-lo é desafiar e mexer em conceitos profundos e arraigados. Não temos uma pálida ideia do que viveu Jesus em sua passagem pelo mundo. Imaginemos a vida do Cristo, sua palavra era uma espada, e também seu olhar, seu sorriso, sua compreensão. O amor é uma espada que rompe com o mal que ainda reside em nós.

– Sim, Luiz Sérgio. Ainda hoje acontecem crimes por divergências religiosas. E pensar que Jesus passou por aqui para nos ensinar o amor e a tolerância. Quanto ainda estamos longe dessa compreensão? – Augusto comentou em tom de reflexão.

– Nada está fora da programação divina. Tudo tem seu tempo, sua hora. Somos todos como o filho pródigo da parábola. Partimos das mãos de Deus, simples e ignorantes, mas com todos os dons latentes dentro de nós. Assim como o filho ingrato, nos arrojamos em busca dos prazeres e fantasias. Veio, então, Jesus nos pedir para amar, e nos informar que ninguém irá ao Pai senão por Ele. Paciente e compassivo, Ele sabia que ainda nos demoraríamos por aqui, perdidos nos encantamentos ilusórios. Por isso, prometeu enviar o Consolador, e enviou o Espiritismo. Hoje, nos chafurdamos nos chiqueiros da dor e nos alimentamos de lágrimas. Não suportamos mais a desdita e sentimos saudade de casa, saudades do Pai. Tudo tem sido doloroso, mas é assim que crescemos, pois foi assim que escolhemos.

11

Mediunidade no Jovem e na Criança

Chegamos à casa de Edu, pois iríamos acompanhá-lo à palestra que ele faria em um encontro de jovens.

Ainda faltava algum tempo para o evento, e tínhamos oportunidade para novos aprendizados.

Aproveitando a experiência de Zoel, indaguei:

– Você poderia nos informar mais alguns detalhes acerca de sua atuação pela mediunidade de Edu?

– Claro, Luiz Sérgio! Como sabemos, a mediunidade é neutra em si mesma e é o médium, consoante a sua moralidade, que irá direcionar a utilização da prática mediúnica. Temos muitos jovens médiuns atormentados por aí. Antenas psíquicas com grande capacidade sensorial, mas que se encontram desajustadas, captando de tudo que se possa imaginar.

– Não bastasse a eclosão dos hormônios na adolescência e todos os conflitos pertinentes à idade, ainda tem o lado espiritual?

– Isso mesmo, Eleonora – Mirna adiantou-se e esclareceu.

– Sabemos que estamos cercados por uma nuvem de testemunhas, informou-nos o apóstolo Paulo em "Hebreus, capítulo 12, Versículo 1", com o jovem isso não é diferente. E se ele é portador de mediunidade ostensiva, mais claramente sofrerá as injunções dessas mentes desencarnadas. Dizem que muitos jovens têm em algum momento uma ideia suicida, e isso é verdade. Infelizmente, para muitos, essa ideia é posta em prática, mas de fato existe uma persistente influenciação espiritual.

Deu uma pausa e continuou:

– Durante a idade juvenil, experimentamos em alguns momentos uma forte insegurança. É quando passamos a questionar nossas fraquezas, e também as fraquezas dos nossos pais. Descobrimos, aos poucos, que nada mais nos será dado, que os pais não estarão conosco para sempre. As fraquezas e dúvidas, junto ao sentimento de impotência perante a vida, geram essa insegurança. Isso tudo nos traz certo medo. Junto a isso vem o "fora" da namorada, a frustração pela falta de identificação com a maioria das pessoas, e vai por aí. Pronto! Está feito o caldo emocional para que parte da galera pense: eu poderia me matar para resolver tudo! Normalmente, esse pensamento vem sutilmente e vai embora sem causar maiores problemas. Ocorre de outra forma para aqueles que têm lar desestruturado, brigas em casa, falta de identificação com a escola e muitas outras coisas. Para quem tem a cabeça cheia de grilos e aborrecimentos a ideia do suicídio fica orbitando a mente do jovem como convite sedutor. Então, alguns espíritos desajustados com os quais o jovem teve ou tem dificuldades de outras vidas querem azucrinar, perturbar de verdade e, quem sabe, incentivar até levar ao suicídio.

— Mas, é um ato solitário o suicídio, não é Mirna?

— É claro que a decisão é sempre nossa, Tuco. Mas, quando é para ver "o circo pegar fogo", tem uma galera que fica na torcida, vibrando até as últimas consequências. Mas, depois da loucura feita vem a pior parte, porque a vida continua e com mais problemas ainda. Suicidar-se é conviver com o replay contínuo do último e doloroso instante e com os mesmos problemas de sempre – Mirna afirmou com seriedade.

— E se o suicida for médium?

— Ele sentirá de maneira mais patente a influência espiritual, Luiz Sérgio. Terá pesadelos constantes e o tormento será maior ainda.

— E se ele for usuário de drogas, Zoel? – aproveitei para nova pergunta.

— Nesse caso ele estará mais suscetível ao suicídio. Mediunidade desajustada e alucinações provocadas pelas drogas promoverão mais tormentos na vida do jovem médium usuário de drogas.

— E no caso de bebidas alcoólicas, Zoel? – Eleonora indagou.

— Quando falei das drogas, me referi ao álcool também. O álcool também é uma droga. Iludido se encontra aquele que acredita que o álcool não esteja afetando seu sistema nervoso central.

— Com tristeza, vemos uma galera que mergulha na bebida desde muito cedo.

— Sim, Luiz Sérgio. Quando me referi a interesses econômicos que não estão preocupados com a nossa juventude, era da indústria da droga legalizada que eu também falava. Tudo isso colabora para que os jovens que não têm referências positivas percam-se nos caminhos do prazer fácil, do sexo e de toda ordem de prazer carnal.

– E como mudar esse quadro? – Tuco indagou. – Ainda existe esperança?

– Ainda existe esperança! Claro que existe! Podemos visitar jovens iguais ao Edu, jovens de outras religiões que trabalham pela paz e pelo fim da maldade. O relato dessas histórias, por Luiz Sérgio, em seu novo trabalho é como semente de esperança que irá cair em corações ávidos pelo amor e pela paz. O mal ganha sempre mais espaço porque ele chama atenção da maioria, escandaliza, mas o bem é como o sol que brilha todos os dias. É preciso sintonizar com ele, basta querer e as coisas mudam. Quem trabalha na seara de Jesus não pode e nem deve desanimar, se é que de fato já se convenceu do amor de Deus! Eu me recordei de um item de O Evangelho Segundo o Espiritismo, Capítulo VIII – "Bem-aventurados os que têm puro o coração" – Item 13. Eu o tenho guardado na íntegra em minha mente, porque a leitura dessas palavras muito me ajudaram na compreensão das coisas, diz assim: *É preciso que haja escândalo no mundo, disse Jesus, porque os homens, em razão de sua imperfeição, se mostram inclinados a praticar o mal, e porque as más árvores dão maus frutos. Deve-se, pois, entender por essas palavras que o mal é uma consequência da imperfeição dos homens e que não haja, para estes, obrigação de praticá-lo.*

– Seu entusiasmo e conhecimento toca a todos nós, Zoel!

– Claro, Augusto! Temos todas as possibilidades de fazer brotar o amor na vida das pessoas, porque Deus está dentro delas e necessita ser descoberto. Como trabalhadores da causa do amor nossa fé não deve se abalar. Mais uma vez afirmo a importância de se estudar as obras básicas da Doutrina Espírita.

– Você não acha que muitos jovens médiuns poderiam servir nos trabalhos mediúnicos?

— Podem sim, Tuco. Precisamos apenas observar que o período juvenil é delicado na vida do espírito encarnado, porque o jovem se encontra comprometido com os estudos, com a busca pelo emprego que lhe dará acesso à carreira profissional e todas as demais coisas que implicam tempo e responsabilidade. Por outro lado, se o jovem tiver essas questões equacionadas, equilíbrio emocional, praticar a caridade e for detentor de conhecimento que lhe dê bases para a tarefa, ele pode e deve servir no intercâmbio mediúnico.

— Mas, não são poucos os jovens que se encontram desajustados emocionalmente e com a mediunidade à flor da pele, o que fazer com eles? — Eleonora indagou com sincero desejo de colher conhecimento.

— Mediunidade é uma predisposição orgânica, natural, e deve ser educada, e a educação se dá pelo conhecimento. Tomemos como exemplo um jovem que deseje dirigir um automóvel. Ele necessita conhecer os controles, acelerador, freio, e tudo que envolva a direção do carro. Caso contrário o automóvel se torna uma arma, contra ele próprio e as demais pessoas. Todo jovem quer dirigir, mas necessita se habilitar. Todas as pessoas são mais ou menos médiuns, entenda-se que o jovem também, orienta-nos Allan Kardec em *O Livro dos Médiuns,* Capítulo XIV, item 159. Todavia, nem todos os jovens são portadores de mediunidade ostensiva, aqueles que tiverem essa capacidade sensorial aflorada deverão se habilitar pelo estudo e orientação dos dirigentes, que por sua vez devem estar habilitados para lidar com o mundo, os anseios e as carências juvenis.

— Poderíamos criar grupos de estudo da mediunidade para os jovens? — Tuco questionou.

– Certamente! – Zoel concordou. – Uma mesma verdade pode e deve ser dita consoante a capacidade de entendimento do nosso interlocutor. O jovem vivencia os tormentos de uma mediunidade deseducada no mundo em que ele transita. Nas suas baladas, na faculdade, no namoro e tudo que faz parte do agito que é a sua vida.

– E é claro – interrompeu Zoel – que ele só irá identificar a realidade espiritual ligando os ensinos sobre mediunidade com a vida que ele leva. Dessa forma, se o jovem estiver em uma balada e a bebida estiver rolando solta, ele precisa tomar cuidado com aqueles pensamentos que o atormentam, tipo: convites repetitivos para encher a cara.

– É bem por aí, Luiz Sérgio, mas há outros detalhes. Os espíritos obsessores, quando desejam criar males e prejudicar aqueles que eles creem ser seus devedores, envolvem também o lado sexual.

– Como assim, Zoel? – Questionei.

– Em uma balada – Zoel explicou – um garoto que já tenha ingerido algumas doses de bebida pode flertar com uma garota que também esteja sob efeito do álcool. Ambos, quando perdem o domínio sobre si mesmos tornam-se marionetes nas mãos de entidades perversas. Os perseguidores espirituais fazem de tudo para aproximar o casal e daí tirarem meios para promover situações perigosas.

– Você quer dizer, Zoel, que alguns espíritos armam ciladas através de flertes em baladas? – Eleonora perguntou.

– Estou afirmando isso – ele asseverou. – Precisamos assimilar, definitivamente, que nunca estamos sozinhos. Toda pessoa, seja adulto, jovem ou criança tem companhias espirituais.

Não podemos nos esquecer que somos nós que abrimos as portas psíquicas para que a influência se dê.

– A criança goza de uma proteção natural, e se alguma perturbação a atinge é porque os responsáveis por ela também têm o que aprender com a situação.

– Tem razão, Luiz Sérgio – comentou o paciente e generoso amigo. – Na verdade, todos têm proteção espiritual, o jovem e o adulto também são beneficiários da misericórdia e do amor de Deus, mas como criaturas que já tomaram posse de si mesmas fazem suas escolhas, ao contrário da criança.

– E na criança, Zoel, como se dá a mediunidade? – indaguei, receoso.

– A mediunidade, na criança, se manifesta, em grande parte, de maneira ostensiva até que se cumpra o período em que a sua encarnação no corpo físico esteja completamente consolidada. Por isso, é muito frequente testemunhar as crianças dialogando com seus amigos invisíveis e imaginários, o que, em alguns casos representa de fato a presença de espíritos que estão ao seu lado. Embora o processo reencarnatório esteja em franco desenvolvimento, o espírito no corpo infantil sofre menos as limitações do corpo físico ao qual se ajuste, diferentemente do jovem e do adulto, já totalmente enfeixados nas células orgânicas.

– Mas, temos crianças que são vítimas de obsessores cruéis e revelam essa realidade através do sono inquieto e perturbado.

– Verdade, Luiz Sérgio, mas mesmo nesses casos não existe um abandono por parte dos Benfeitores Espirituais. Nada escapa aos ditames do bem, da lei maior que vige a vida de todos. Todas as experiências são manifestações da lei que evolve a tudo e a todos. As crianças estão mais passíveis à suscetibilidade psíquica e emocional, que faculta mais contato com os espíritos desencarnados, até aproximadamente sete anos de idade.

– Pode acontecer que a criança continue a manter contato com os espíritos?

– Sim, Tuco, e isso serve de prova para ela e para os que convivem com a criança. Na vida, tudo atende ao único fim, ao amor!

Edu colocou o tênis se aprontando para sair...

– Vamos acompanhar o nosso Edu – Zoel falou com carinho.

Todos saímos e em poucos minutos chegamos a uma instituição, e já na porta nos deparamos com jovens espíritos desencarnados.

12

Palestra de Edu

Chamou-nos a atenção um casal de jovens desencarnados, de mãos dadas.

Em meio ao grande movimento que acontecia em nosso plano de ação, eles não perceberam que paramos próximos, por sinal de Zoel.

– Observem! – ele nos pediu.

– Não tô a fim de entrar aí, deve ser caretaço! – disse a garota.

– Olha ali, Fran, o que está escrito na placa: "Centro Espírita Allan Kardec", é nesse lugar que existem os médiuns. Você prometeu me ajudar a encontrar um médium para mandar uma mensagem para minha mãe, lembra? Vai dar pra trás agora?

– Se for para ser catequizada, tô fora, Pedro! Esse papo de que Jesus salva, e todo esse blá, blá, blá, fala sério, ninguém merece!

– A gente precisa descobrir por que o mundo pirou desse jeito. Por que minha mãe não me vê, e nem me ouve mais?

– E não é só ela, né, Pedro? Parece que a neura é geral, na minha casa também está rolando essa loucura. Quando a gente chega perto da minha mãe ela só sabe fazer chorar, que delírio é esse, cara?

– Se liga, Fran! Foi na casa da minha mãe que ouvimos minha tia Nice dizer a ela que os médiuns entram em contato com outra dimensão.

– Mas, nós não estamos mortos!

– Eu sei, Fran, mas e se rolou alguma epidemia enquanto estivemos fora no acampamento?

O casal trazia mochila nas costas, porque tinha voltado de um acampamento.

– Como eles, muitos jovens desencarnados se encontram alienados por aí – Mirna esclareceu.

– E o que vamos fazer? – Eleonora quis saber.

– A ajuda já vem, observem – Zoel pediu.

– Olha, Fran, é a minha velha, ela vai entrar no centro espírita!

– Vamos entrar com ela, Pedro!

Assim que a senhora, recém-chegada, adentrou a casa espírita e caminhou para o auditório de palestras o casal a seguiu.

A mãe de Pedro estava acompanhada pela tia Dalva. As duas de braços dados sentaram-se em uma fileira de cadeiras e, ao lado delas, Pedro e Fran também se acomodaram.

No instante em que o casal se ajeitou, a mãe de Pedro sentiu intenso arrepio a percorrer sua nuca e sem saber registrou vibratoriamente a presença do filho.

Observávamos tudo e nesse exato instante um jovem e sorridente espírito se aproximou do casal.

– E aí, sejam bem-vindos!

— Que legal que alguém veio falar com a gente, né, Fran?

— Já estávamos achando que éramos fantasmas, porque ninguém escuta mais a gente – eles riram.

— Então – disse o jovem trabalhador da casa espírita – vocês não querem me acompanhar?

Pedro olhou indeciso para Fran e após alguns instantes de hesitação, disse:

— Sabe o que é, nós estamos precisando conversar com algum médium, porque me falaram que eles podem nos ajudar a entrar em contato com a minha mãe. Essa mulher aqui do lado – Pedro apontou a mãe. – Por mais que eu tente falar, ela não me escuta. Saímos para acampar – e ele se virou para Fran e perguntou: – Quando foi mesmo que saímos para acampar?

— Nem me lembro, Pedro. Ficamos meio confusos com as datas...

— É verdade, não nos lembramos da data, mas isso não importa. O que eu sei, é que desde que voltamos para casa não conseguimos mais falar com nossa família, nem eu nem a Fran. Até que um dia desse, minha tia foi lá na minha casa e, trocando umas ideias com a minha mãe, disse a ela que deveria procurar um centro espírita para falar com algum médium.

Após ouvir as palavras de Pedro, com carinho e respeito a jovem entidade convidou:

— Vocês vieram ao lugar certo, temos muitos médiuns aqui...

— Não te falei, Fran! – Pedro afirmou, entusiasmado.

— Vocês precisam me acompanhar, porque necessitamos nos preparar.

Eu testemunhava aquela cena de longe e me emocionava pensando no amor de Deus por seus filhos.

Pensava também na necessidade de que os jovens sejam protagonistas da prática da caridade com outros jovens visando a uma vida mais feliz.

– O nome desse jovem trabalhador é João! – Zoel elucidou, apontando para o espírito que conversava com o casal.

E segui pensando em como João teve acesso fácil ao coração e aos anseios de Pedro e Fran.

Sorrindo, o casal seguiu o servidor juvenil que os conduziu ao interior da sala adjacente.

– Já estivemos aqui algumas vezes, será que hoje teremos alguma notícia do Pedro e da Francisca?

– Lourdes, eu sei como se sente, mas o homem que nos atendeu na primeira vez nos disse que essas coisas não podem ser previstas. Vamos confiar em Deus e aguardar.

– Já faz nove meses que o Pedro e a Francisca se foram, eu só queria uma notícia, uma frase, nada mais. Como é que dois jovens saem de casa às escondidas para acampar e morrem daquele jeito?

– Lourdes, lembra que o homem nos pediu para evitarmos os comentários sobre as circunstâncias do acidente em que eles foram vitimados? Isso não faz bem a eles e a nós, que ficamos aqui.

– Tá certo, Dalva, tá certo, é que há momentos em que preciso desabafar, parece que vai me dar um troço por dentro do peito.

Dalva abraçou a amiga e disse carinhosamente:

– Vai ficar tudo bem...

O diálogo das duas foi interrompido quando o dirigente da reunião convidou todos para uma prece.

Edu já estava acomodado ao lado do dirigente da reunião e de mais uma jovem que iria proferir a prece de abertura.

Zoel aproximou-se de Edu que, posicionado atrás dele, o envolveu fluidicamente com ternura.

Na assistência, grande presença de jovens aguardava, ansiosa, pela mensagem da noite.

A fronte de Zoel esparzia uma luz de cor azul-clara que envolvia o centro de força coronário de Edu.

Tudo corria de maneira a atender aos assistidos dos dois planos da vida.

O dirigente encarnado apresentou Edu e, após a prece inicial, passou-lhe a palavra:

Tendo O *Evangelho Segundo o Espiritismo*, Capítulo V - "Bem aventurados os aflitos", - aberto à sua frente, o jovem divulgador do bem começou:

– *Que a paz esteja com todos os corações...* – Foi a saudação inicial. – *A vida na Terra é permeada de surpresas, algumas agradáveis, outras carregadas de imensa tristeza. Somos surpreendidos por tantos desafios, por tantas situações, tantas chegadas e partidas, que a princípio supomos serem perdas irreparáveis... Quando vem a tempestade das lágrimas que nos invade a alma, o desespero ameaça se instalar, e olhamos para o céu a indagar sobre a realidade da existência de Deus e, na maioria das vezes, chegamos a duvidar da sua Misericórdia e do seu Amor... Entendemos que todas as coisas e fatos devem atender aos nossos anseios e nada pode contrariar as nossas expectativas sobre tudo...* – a palavra clara, objetiva e emocionada de Edu mexia com todos os presentes, nas duas dimensões.

– *Vivemos como os grandes credores da vida, imaginando que pessoas e bens materiais nos pertencem... Até que em determinado momento somos obrigados a olhar na face da vida, que se apresenta crua e verdadeira, como nunca havíamos observado antes. Nossas crenças são atiradas ao chão, nossas verdades são levadas para longe pelo vento da realidade, e então nos vemos sem rumo e direção... Descobrimos assim, que nada temos de nosso, apenas os sentimentos que cultivamos e os amores que conquistamos. Quando a morte nos pede mudança de dimensão, ou arrebata do nosso convívio os seres amados, descobrimos que morrer não é atributo dos outros, pois a nossa hora também chega. Somos todos iguais perante a vida, e todos temos a possibilidade única de amar a todos os corações que compartilham conosco a experiência na carne.* – Lourdes bebia com sede de vida cada palavra pronunciada por Edu, chegando a murmurar: "Ele fala para o meu coração". – E o jovem divulgador prosseguiu:

– *Perdemos muito tempo buscando a satisfação do nosso orgulho. Em muitas ocasiões na rotina dos dias preocupamo-nos apenas em corrigir as pessoas, sem aceitar o que elas são e o que têm a nos oferecer. Sufocamos, exigimos, cobramos demais e damos de menos. E quando a morte chega e altera a ordem da vida, da maneira como entendemos, a revolta bate à nossa porta e creditamos a Deus todas as nossas dores e sofrimentos. Ninguém nesse mundo está isento de vivenciar seus maus momentos. Não existe idade, nem tempo certo para que as duras provas da vida nos cheguem. Os jovens que tanto anseiam por sua maioridade e liberdade não podem esquecer que todos estão aqui para aprender e que nem sempre é fácil superar os obstáculos. Nesses tempos em que tantas coisas estão no mundo para encher os nossos olhos com as cores da ilusão, o jovem precisa estar vigilante e atento para as armadilhas invisíveis. Aquelas que enchem os olhos e o corpo de sensações, mas esvaziam a alma do sentido verdadeiro da vida. Já chegou para o mundo o Espiritismo e necessitamos divulgá-lo para a nossa juventude! Não iremos sair pelo mundo tentando convencer outros jovens sobre a realidade cristã, que alegra e dá sentido à nossa vida. O convite é para erguermos dentro de nós o templo do espírito, é na intimidade da nossa alma que o jovem Jesus deseja viver. Nossa ação precisa refletir a nossa fala. Nossos gestos precisam transmitir a paz que habita em nós. Nossas ações necessitam construir o mundo novo onde nos manifestemos. Somos jovens, podemos curtir, dançar, namorar, aproveitar a vida, mas nesse viver com responsabilidade, podemos levar vida e amor aos que estão nas sombras do desespero. Aos jovens que estão às portas do suicídio, aos que não têm esperança, aos que não creem. Precisamos apresentar Jesus pela alegria que Ele nos traz, pela juventude que Ele irradia.*

Eu estava muito feliz, esse é o bom combate que quero e sempre vou combater.

Tuco, Eleonora e Mirna estavam de olhos fixos em Edu.

Não preciso nem dizer que meus olhos estavam cheios de lágrimas emocionadas, porque eu testemunhava naquela manifestação a expressão da mediunidade que serve de canal entre as dimensões. O mundo daqui falava de amor para o mundo daí.

Havia uma perfeita simbiose entre Zoel e Edu.

Ficava claro naquele momento que os corações sintonizados com o bem esparzem amor em intercâmbio abençoado.

Edu interrompeu sua fala e tomando de O *Evangelho Segundo o Espiritismo*, começou a ler uma mensagem do livro, mas para nossa surpresa, Zoel foi inspirado a ler uma das mensagens que havia sido adaptada para os jovens.

Trata-se da mensagem, "Causas atuais das aflições".

E a leitura acontece assim: O *Evangelho Segundo o Espiritismo* – Capítulo V, Item 4 – "Bem-aventurados os aflitos"

Jovem, os problemas da vida são de duas espécies, ou se quisermos, têm duas fontes bem diferentes que é importante separar. Umas têm sua causa na vida presente; outras, fora dessa vida.

Pensando na origem dos males terrestres, reconheceremos que muitos são consequência natural do caráter e da conduta dos que os suportam.

Quantos jovens caem por sua própria culpa! Quantos jovens são vítimas da sua falta de cuidado, de seu orgulho e de sua ambição!

Quantos se arruínam por falta de ordem, de perseverança, pelo mau comportamento ou por não saberem controlar os próprios desejos!

Quantas uniões infelizes, porque resultaram de um cálculo de interesse ou de vaidade, e nas quais o coração não foi levado em consideração!

Quantas divergências e disputas fúnebres se teriam evitado com mais moderação e menos melindres.

Quantas doenças e enfermidades acontecem por causa da falta de controle com seus atos e ações!

Quantos pais são infelizes com seus filhos, porque não lhes combateram as más tendências desde o princípio! Por fraqueza ou indiferença deixaram que neles se desenvolvessem os germes do orgulho, do egoísmo e da tola vaidade que produzem a falta de ternura no coração; depois, mais tarde, quando colhem o que semearam, admiram-se e se afligem com a sua falta de respeito e a sua ingratidão.

Que todos os jovens que são feridos no coração pelos problemas e decepções da vida interroguem friamente suas consciências; que remontem passo a passo à origem dos males que os afligem e verifiquem se, na maior parte das vezes, não poderão dizer: Se eu tivesse feito, ou deixado de fazer tal coisa, não estaria em semelhante situação.

A quem, portanto, deve o jovem responsabilizar por todas essas aflições, senão a si mesmo? O jovem, pois, em grande número de casos, é o causador de seus próprios sofrimentos, mas, em vez de reconhecê-lo, acha mais simples, menos humilhante para sua vaidade, acusar a sorte, a Deus, a chance desfavorável, a má estrela, quando sua má estrela está na sua própria falta de cuidado.

Os males dessa natureza fornecem, seguramente, uma grande quantidade de problemas da vida. O jovem as evitará quando trabalhar pelo seu aprimoramento moral, tanto quanto o faz pelo seu melhoramento intelectual.

Edu suspirou discretamente e encerrou a leitura.

Minha alegria era imensa, levar a mensagem do Espiritismo para o mundo juvenil é algo urgente e necessário.

O que eu via naquela reunião ultrapassava minhas expectativas e me fazia gritar dentro do meu coração: AINDA EXISTE ESPERANÇA.

Edu teceu mais comentários que se prolongaram por mais alguns minutos.

Após o término da reunião, Zoel juntou-se a nós.

Assim que ele se aproximou, Tuco indagou:

– E Pedro e Fran?

– Eles já estão sob cuidados dos trabalhadores dessa instituição. Serão atendidos consoante suas necessidades...

– Não haverá a comunicação com a mãezinha aflita? – Eleonora interrompeu, indagando, um tanto ansiosa.

– Haverá sim, mas não hoje. É necessário que tanto a mãe, quanto o filho estejam habilitados emocionalmente para esse momento. Um encontro agora poderia agravar ainda mais o desequilíbrio de ambos. Pedro e Fran se encontrarão com os familiares que ficaram na Terra, seja por mensagem ou pelo instante do sono, através dos sonhos. Pela lei do amor de Deus ninguém está atirado ao desamparo ou se encontra esquecido.

Edu estava rodeado por outros jovens que o felicitavam pelas palavras de esclarecimento.

Lourdes se retirou com pesar, mas fortalecida pelo aprendizado da noite.

Em suas lembranças, refletia sobre o comportamento irresponsável de Pedro e Fran, que se atiraram na aventura de acampar, escondidos da família.

O acidente automobilístico que os vitimou aconteceu pela embriaguez do motorista que havia bebido e dormido na direção.

De maneira discreta e respeitosa, Dalva comentou:

– Acho que temos muito para meditar depois das palavras que ouvimos, não é Lourdes?

– Embora a tristeza que eu sinta, não posso permitir que o desespero e a dor me impeçam de pensar. Sei que Pedro e Fran são os responsáveis pelo sofrimento que todos experimentamos. Eles eram jovens, mas a juventude não significa que se esteja protegido da morte, das consequências de todas as atitudes erradas.

– Concordo com suas palavras!

– Não sinto revolta, sinto, como mãe, uma grande tristeza e melancolia. A cada dia que passa mais me amargura a maneira irrefletida com que Pedro tratou sua vida. Às vezes, os jovens demonstram, talvez inconscientemente, certo descaso com a própria vida. Acredito que a mensagem do jovem palestrante da noite deva ser muito mais difundida. A vida é uma joia, um presente raro e frágil e como tal deve ser cuidado.

Dalva, que estava de braços dados com a mãe de Pedro, tomou carinhosamente a mão dela e a apertou com carinho.

13

Bastidores Espirituais da Evangelização

Pedimos a Zoel e a Mirna para que no dia imediato eles nos acompanhassem à visita que faríamos à reunião de evangelização infantil.

Fomos alertados de que a delicada reunião era dirigida por uma esforçada e amorosa companheira de nome Nivea.

Horas depois...

Conforme o combinado, nosso pequeno grupo partiu para mais uma oportunidade de crescimento e aprendizado.

Chegamos à casa espírita, e Nivea, já previamente avisada, veio nos receber.

Após cumprimentar todos, dirigiu-se a mim:

– Você é o Luiz Sérgio, imagino! – Ela disse assim que nos avistou.

– Sim, sou eu mesmo, mas como sabia?

– Já ouvi falar a respeito de seu trabalho com os jovens, e sua descrição já nos foi feita em outra ocasião.

Abraçamo-nos carinhosamente, e Tuco brincou:

— É o preço da fama, né, Luiz Sérgio?

— Os espíritos atrasados como eu são conhecidos pela vibração, foi essa a identificação que Nivea percebeu — falei sorrindo com a brincadeira do Tuco e as palavras gentis da evangelizadora.

— Nivea — Zoel pediu — nossos amigos gostariam de conhecer os bastidores espirituais de uma reunião de evangelização, porque o material e as informações do que se passa nessas reuniões aqui desse lado da vida ainda são pouco conhecidos pelos nossos irmãos encarnados.

— Pretendo relatar o que se passa em nosso plano, enquanto as crianças participam da reunião — antecipei-me, explicando.

— Acredito que o melhor a fazer para alcançarmos esse objetivo seja que vocês participem da reunião. As crianças estão chegando e daqui a poucos minutos elas irão para suas respectivas salas, de acordo com o ciclo e a idade.

— Então, funciona como uma escola? — Eleonora perguntou.

— Na evangelização infantil, temos alguns traços organizacionais que podem ser comparados às escolas do mundo. Temos um currículo a cumprir, porque é necessário um programa a ser seguido. É preciso tomar algumas medidas pedagógicas para que a didática seja a mais adequada. Nesse programa, são contemplados os conteúdos do Espiritismo, previamente preparados e ordenados, visando à compreensão das crianças.

— E todas as crianças correspondem ao que se ensina? Elas gostam de aprender Espiritismo? — Tuco questionou.

— Embora tenhamos um programa a seguir, não podemos fazer do centro espírita uma escola como as que instruem, e onde nossas crianças passam a semana inteira. Nosso desafio é inspirar as evangelizadoras encarnadas a serem criativas, de tal modo que aprender as coisas de Deus e da vida seja algo que dê prazer e traga alegria. Desejamos despertar, em quem evangeliza espíritos em corpos infantis, um olhar integral. Embora existam algumas semelhanças entre a maneira de se passar conhecimento, não podemos perder de vista a nossa condição de educadores de almas imortais. As crianças recebem ajuda e tratamento espiritual para o êxito de suas encarnações. Muitas são vítimas de obsessões difíceis e complicadas, e é justamente no momento da evangelização que os Benfeitores Espirituais se utilizam das condições favoráveis para auxiliar as crianças e aqueles espíritos que estão vinculados a elas por laços de ódio, mágoa ou vingança.

– A reunião de evangelização infantil não é um encontro social onde as crianças se distraem enquanto os pais assistem a suas palestras e tomam passe. Os bastidores espirituais da reunião de evangelização infantil funcionam, tanto quanto na reunião para adultos, como pronto-socorro e auxílio espiritual. São muitos os problemas, e as singelas reuniões, onde falamos a respeito do Espiritismo e estudamos sobre Jesus, são recursos importantes que a Espiritualidade utiliza para educar e amparar, aliviar e socorrer os espíritos milenares em período infantil.

Nivea falava acerca de tudo com raro brilho no olhar, uma luz se refletia da sua face, a crença na educação.

– Ainda existe esperança, e essa esperança é Jesus para os corações famintos de amor e paz – Nivea prosseguia: – A idade infantil, o esquecimento do passado, são bênçãos para os espíritos que reencarnam na Terra. Quantos dramas testemunhamos em nossas salas de evangelização, quantos reencontros de inimigos seculares ocorrem na família! Diante dos nossos olhos observamos a sanha cruel de perseguidores e perseguidos. Crianças que em sua forma física se parecem com anjos, mas que trazem um histórico de dor e lágrimas, reclamando dos pais amor e dedicação. Pais que olham para seus filhos e não compreendem de onde nasce tamanha aversão que sentem por eles. Aqui, nas aparentes brincadeiras sem compromisso de uma aula de evangelização os ódios são trabalhados, a paciência exercitada. Existem quadros complicadíssimos em que crianças manifestam grande agressividade, aparentemente gratuita, mas que tem sua origem no pai, ou na mãe violenta, de vida passada. Os dramas são incontáveis e a reunião de evangelização funciona também como oportuno e delicado socorro desobsessivo. Cuidamos da causa do problema, quando educamos uma criança.

Recordei-me que quando encarnado, estudando no curso primário, vi uma marca na cintura de um colega de classe que fora vítima da violência do pai. Ele sofria constantes agressões e, às vezes, quando ia à aula tentava encobrir os vergões que lhe marcavam o corpo.

Quem surra o corpo, cria marcas na alma.

Todos ouvíamos as palavras de Nivea com muita gratidão, porque as reuniões de evangelização infantil necessitam ser mais valorizadas e adotadas, pois por incrível que pareça existem centros espíritas sem reunião para jovens e crianças. É preciso abraçar a causa do Espiritismo, que é a educação do espírito imortal.

E Nivea prosseguiu:

– O Espiritismo está no mundo para educar o espírito imortal. Sem educação integral não há evolução espiritual – e se dirigindo a mim ela comentou: – Luiz Sérgio, é muito importante que você divulgue o que se passa nos bastidores das reuniões de evangelização infantil, que são também reuniões educativas e de auxílio aos espíritos desencarnados. Quando estamos com nossas crianças nas salas de aula atendemos o ser espiritual. No lado material da instituição, elas chegam à casa espírita, tomam passe e recebem toda assistência possível, mas a reunião de evangelização não está restrita apenas à presença semanal da criança.

– Como isso é possível, vocês acompanham a criança em sua casa também? – Augusto, rompendo o silêncio, perguntou.

– Quando uma criança se vincula a uma reunião de evangelização, seu espírito protetor participa com ela das atividades, e nossa equipe espiritual atua como apoio no lar da criança evangelizada. Nós unimos a família e atuamos como equipe de reforço para proteger e auxiliar nas dificuldades familiares e tudo mais. Temos em nosso plano de ação a ficha de cada evangelizando e atuamos de maneira a auxiliar seu programa reencarnatório.

Novamente pensei no Amor de Deus, são tantos os cuidados conosco, e como somos descuidados e mal-agradecidos por tudo que temos, por tudo que nos é dado.

– Temos um caso aqui na nossa casa, que pode servir de exemplo para o aprendizado de todos – Nivea asseverou, e em seguida, perguntou: – Vocês gostariam de conhecer?

– Claro que sim! – respondi, me antecipando.

Todos os outros assentiram com a cabeça.

– Então, faremos uma visita à sala de Stela, uma linda menina de oito anos, mas antes disso, me acompanhem até a porta da instituição. Gostaria de lhes mostrar algo.

Curiosos, acompanhamos a dedicada trabalhadora até a porta de entrada.

– Venham comigo!

E chegando à rua, ela nos surpreendeu, apontando:

– Vejam!

Víamos algumas crianças sendo trazidas pelos pais, algumas pelas mães.

Mas, o que chamava nossa atenção eram as companhias espirituais de algumas crianças que ficavam na porta. Algumas entidades de aspecto não muito agradável, reflexo da desestrutura do lar, da discórdia e desunião dos pais.

Percebíamos em alguns pais o desinteresse pelo que acontecia com seus filhos na intimidade da instituição.

Outros pais estavam ansiosos por se livrarem de seus filhos, pois tinham compromissos "mais importantes" a resolver.

Poucos tinham a exata noção da importância da assistência espiritual que seria recebida pelos filhos e da necessidade de se evangelizar a criança.

Todos os pais eram convidados a participar de um grupo dedicado a eles, onde se conversava sob a ótica espírita, a problemática da vida moderna e a necessidade de se evangelizar a família.

Fiquei pasmo ao testemunhar a falta de compromisso de alguns pais para com a atividade que os filhos iriam participar. Chamou-nos a atenção uma menina que saltou de elegante automóvel.

Ela era muito bela, cabelos cacheados e olhos verdes brilhantes.

Embora a beleza, seu semblante estava emoldurado por profunda tristeza.

Ao vê-la, Nivea comentou:

– Esta é Stela, a nossa estrelinha triste!

Os vidros escurecidos do luxuoso automóvel dificultava a visão das pessoas para vislumbrar quem estava em seu interior. Nivea novamente veio em nosso socorro e esclareceu:

– Quem a traz para a reunião é o pai. Ele nunca tem tempo para ela, e trazê-la aqui é seu único compromisso. Homem ocupado, raramente se dedica à filha. Stela é muito sensível e absorve tudo que se passa à sua volta.

– E a mãe dela? – Mirna perguntou.

– A mãe... – Nivea fez breve pausa – Veio apenas uma vez e nunca mais apareceu na instituição. Vive reclusa, pois é portadora de mediunidade ostensiva, a qual ela se nega a aceitar e educar.

Nesse instante fomos abordados por simpática senhora.

– Nivea...

– Erotilde... Que bom que estás aqui. Estávamos justamente falando de Stela...

As apresentações foram feitas, Erotilde era o espírito protetor de Stela.

– Ela poderá nos explicar melhor o caso em questão, mas primeiramente vamos acompanhar a nossa irmã Cristina, a evangelizadora encarnada, junto com nossas crianças na prece inicial.

Todo o grupo se dirigiu ao interior da casa espírita, e em grande salão todas as crianças, juntamente com as respectivas evangelizadoras, uniram-se para a prece.

Muitos espíritos familiares e imensamente amorosos partilhavam da oração.

Cristina era uma jovem de semblante agradável e sorriso largo, era ela que conduzia os trabalhos como responsável pela evangelização na esfera física.

Com singela e sentida prece ela pediu permissão ao Alto para o início das atividades da tarde.

Pude sentir a energia extremamente reconfortante e pacificadora que envolveu a todos naqueles instantes.

Particularmente, ergui meus olhos para o Alto para agradecer àquela oportunidade de estar ali conhecendo os bastidores da educação com Jesus.

14

Evangelizadores Espirituais

Após a prece inicial, as crianças foram conduzidas às respectivas salas, pelas evangelizadoras e evangelizadores.

— São muitas crianças para poucos evangelizadores, estou enganado? — Augusto observou.

— Essa é uma situação complicada — Nivea esclareceu. — Poucos são aqueles que se oferecem para colaborar como educadores do Cristo. A evangelização é uma tarefa que pede assiduidade e dedicação. Atividade que não aparece aos olhos do mundo, não dá destaque social, muito menos garante aplausos aos que laboram nessa seara. Muitos chegam à instituição e se empolgam com a possibilidade de servir, mas a continuidade do trabalho e a rotina de responsabilidade logo afasta aqueles que, na verdade, buscam as luzes para a promoção pessoal. Ser evangelizador é ter a noção exata de que se está auxiliando Jesus na regeneração do mundo. Grande parte das pessoas ainda não acordou para essa realidade. Aqueles que evangelizam com consciência e amor sabem que cuidam da causa primordial e necessária para o progresso do espírito: a educação.

— Eu posso testemunhar essa situação, Nivea – falei com convicção. – Muitos não desejam realizar tarefas que não coloquem em evidência o ego e a vaidade. Foi por essa razão que pedi aos meus orientadores espirituais a oportunidade de falar sobre esse contexto. Espiritismo é proposta educativa! Apenas o estudo de seus postulados, consoante o Evangelho de Jesus, garantirá o despertar do espírito imortal. O Cristo, na função de Educador, nos pede evangelizar as crianças e os jovens. O evangelizador é aquele que pacientemente fica com o regador na mão, cuidando da semente. Muitas vezes, ele permanece meses e anos regando aquela sementinha imaginando que ela não irá brotar, mas todas brotam um dia, cada uma a seu tempo. No momento certo, a semente germina e aquele que regou com dedicação e paciência terá contribuído para o despertamento daquele espírito imortal. Evangelizar é regar a alma, mas a floração não acontece de maneira imediata.

— Essa é a realidade! – Nivea concordou. – Não existem milagres na faina educativa, pois o evangelizando deve fazer a parte dele. Há quantos séculos Jesus aguarda nossa floração? Há quantas vidas Jesus rega-nos pelo Evangelho? Alguns começam a brotar agora, esse germinar só pode acontecer de dentro para fora. A semente, quando floresce verdadeiramente, revela a alma. Apenas a educação é capaz de promover a floração real, ela faz despertar as potencialidades que o espírito carrega em gérmen dentro de si.

As palavras de Nívea provocavam nossos pensamentos permitindo o vislumbrar de novo horizonte para contemplar.

E eu pensava, indagando a mim mesmo: quantas pessoas ainda acreditam que o Espiritismo veio ao mundo para cuidar de corpos, para aplicar passes?

Somos o princípio inteligente do Universo, as sementes de

Deus, e Jesus, o Educador Amoroso, que segue regando nossas vidas com a água da Boa Nova.

Nosso pequeno grupo experimentava grandes alegrias pelo aprendizado vivido. Nivea aproximou-se de Cristina e, envolvendo-a carinhosamente, inspirou-lhe ao início dos trabalhos.

– Vamos acompanhar Cristina percorrendo todas as salas! – Nivea pediu.

A iniciativa da responsável encarnada era dar suporte aos evangelizadores e verificar a necessidade de alguma ajuda, caso fosse necessário.

Começamos pela sala dos adolescentes e já tivemos as primeiras surpresas e emoções.

Enquanto Cristina conversava com as educadoras responsáveis pela sala, observávamos os bastidores espirituais da aula.

– Vejam – Nivea chamou nossa atenção – temos duas evangelizadoras encarnadas, e do lado espiritual, duas educadoras de nosso plano auxiliam na tarefa educativa.

– Todos os evangelizadores são assessorados por espíritos que também evangelizam? – Eleonora perguntou.

– Sim, a tarefa é de muita responsabilidade e pede o máximo de dedicação. Essas são Alice e Berta! – Nivea apresentou as trabalhadoras espirituais.

– Vocês poderiam falar alguma coisa acerca do trabalho que fazem aqui? – Tuco se antecipou questionando.

– Trabalhar na educação com Jesus é muito emocionante e gratificante – Alice comentou. – Quando encarnada eu já colaborava em atividades assim, mas eu nunca suspeitei que os bastidores espirituais guardassem tantas ações educativas, para que as crianças e jovens encarnados sejam beneficiados. Não imaginava a estrutura espiritual de uma reunião de evangelização infantojuvenil. Estou aqui na condição de aprendiz, minha experiência é muito limitada. Quando encarnada, eu me preocupava mais em entreter as crianças com brincadeiras e contação de histórias. Não sabia que cada pequeno gesto ou palavra em uma sala de evangelização pode alterar a percepção espiritual do evangelizando. Nessa sala, meu papel é auxiliar a Berta. Estou na condição de estagiária. A cada reunião, aprendo com ela e com a nossa coordenadora Nivea.

Alice silenciou, e aguardamos com expectativa a palavra de Berta, que após breve introspecção começou seu relato.

– Eu era professora e espírita na Terra – Berta falou pausadamente. – Eu participava das atividades do centro, na condição de passista, mas nunca me interessei pela evangelização. Estudava a Codificação, assistia a palestras e mais nada. Era daquelas pessoas que acreditavam que a evangelização infantil era apenas um momento em que as crianças se ocupavam com brincadeiras, enquanto os pais assistiam às palestras e tomavam passe. Só me entreguei a esse trabalho de amor depois que a morte me arrebatou do convívio com meus filhos. Se não incomodar, posso narrar a vocês minha breve história, e como me vinculei à evangelização?

– De forma alguma – apressei-me em falar. – Temos todo interesse em ouvir sua narrativa!

Berta correu seu olhar por todo ambiente e começou:

– Eu me sentia uma mulher feliz, tinha um casamento tranquilo e um casal de filhos, o que mais eu poderia querer. O Espiritismo já fazia parte da minha condição de vida. Deus me confiou duas crianças lindas. Larissa e Henrique, esse é o nome das duas joias enviadas por Deus para enfeitar minha vida. Como eu iria suspeitar que um câncer de mama viesse me convocar à prova mais difícil da minha vida?

Duas lágrimas transbordaram dos olhos da evangelizadora e rolaram por sua face. Não ousávamos interromper seu relato que já emocionava a todos. Ela suspirou e prosseguiu:

– Larissa contava na época com três anos, lá está ela – Berta apontou para uma linda adolescente – hoje ela está com quatorze anos. Aquele é Henrique – um garoto de olhos vivos e cabelos espetados, que sorria junto a um amiguinho em conversa animada – que tem treze anos. Descobri a doença tardiamente e, por acaso, pois não era afeita a exames de rotina e prevenção. Quando recebemos o diagnóstico da enfermidade toda minha crença e fé em Deus ruíram e me senti enlouquecida. A ideia de morrer me deixava em pânico. Meu esposo se desdobrava em cuidados, ele que nem ia tanto ao centro espírita e não se dizia espírita, se comportava de maneira mais equilibrada do que eu. Quando o câncer foi descoberto já não havia muito o que fazer, e em poucos meses sucumbi à moléstia degenerativa. Foi nessas condições que retornei ao mundo espiritual. Totalmente revoltada, não abandonava o antigo lar. Não conseguia compreender como podia viver aquele pesadelo. Não me julgava uma má pessoa, era atuante nas tarefas espíritas, ajudava a quantos podia auxiliar, e como mãe e esposa me dedicava com desvelo. Fui muito amparada, amigos espirituais me chamavam à razão, mas como criatura desventurada me entregava às lágrimas e à revolta. Levada para atendimento em postos especializados, fugia repetidas vezes e me instalava no meu antigo lar, me sentindo a dona da casa, dona de tudo. Minha influência era tão perniciosa que a filha querida adoeceu, pois como médium, a pequena via-me tresloucada andando de um lado para outro dentro do lar. Alguns meses se passaram e fui conduzida para a reunião mediúnica desta casa, onde fui orientada. Por misericórdia de Deus e dos Benfeitores Espirituais, manifestei-me através de um médium. Ali extravasei toda minha insensatez e loucura. Após o choque anímico[4] e consequente lucidez, a realidade me visitou os refolhos da alma. Triste e envergonhada, eu me rendi ao carinho e ao amor desvelado de todos que me receberam no plano espiritual. Fui conduzida a grande hospital em Colônia próxima ao orbe. Recebi tratamento, ajuda e oportunidade, na qual me agarrei. Estudei com afinco, me entreguei com um único desejo, ver meus filhos e esposo e auxiliá-los o quanto possível, mesmo que outra pessoa já tivesse ocupado meu lugar no lar. Lembrei-me de André Luiz, do livro *Nosso Lar*.

Eu que estava tão acostumado e desde que vim para esse lado da vida experimento tantas emoções, não segurei as lágrimas e desabei.

Tuco também chorou, abraçado a Eleonora. Mirna, Augusto e Zoel também se sentiram emocionados com a narrativa de Berta. Nivea, que já conhecia aquela realidade, ouvia tudo meditativa.

Embora emocionados e tocados pela história, todos guardávamos equilíbrio e respeito pelo aprendizado oferecido. Não havia desequilíbrio no choro de nenhum de nós, apenas sentimento e solidariedade.

Algumas pessoas confundem emoção e sentimento com desequilíbrio. A insensibilidade não é sinônimo de equilíbrio interior. Berta continuou:

– Eu me dediquei o mais que pude para vencer meus sentimentos de posse. O que foi profundamente difícil e, ainda luto com isso, mas aos poucos o trabalho foi me fortalecendo. Du-

---

4 Nota do médium: Choque Anímico. A expressão choque anímico refere-se ao contato feito entre o perispírito de um espírito desencarnado e o de um outro espírito encarnado. O termo Anímico deriva do grego animé, que significa alma.

rante minha permanência na Colônia tomei conhecimento do curso para evangelizadores espirituais. Soube que aqueles que tivessem identificação com a tarefa da educação e bom aproveitamento seriam enviados para os centros espíritas. Imaginei que o contato com outras crianças e jovens pudesse amenizar a saudade que morava em minha alma. Depois de um tempo, percebi que não estava abandonada, porque recebia diariamente o bálsamo da prece enviado da Terra pelos meus filhos. Eles oravam na Terra e eu me beneficiava aqui. Vocês não podem imaginar o que é ser abraçada com vibração pela oração de um filho! Sentia o pensamento deles como energia pacificadora, pois o sentimento predominante agora era o de aceitação e não de revolta.

Deu uma pausa e continuou:

– Durante esse período pedi autorização para visitar meus filhos e esposo, mas não logrei realizar esse desejo. Minha antiga condição de reincidente em fugas e rebeldia ainda me trazia algumas limitações, que certamente o tempo se encarregaria de resolver. Meus superiores me diziam que no instante em que estivesse preparada, a Misericórdia Divina proporcionaria a realização do meu desejo. Após o curso preparatório para evangelizadores espirituais, fui encaminhada para a antiga e saudosa casa espírita onde havia servido como passista. Nem preciso descrever a alegria da minha alma. Sentia imensa gratidão e pude testemunhar a bondade de Deus. Fui designada para a equipe de evangelização que Nivea dirige. Evidentemente, procurei saber notícias sobre a família querida, fui informada de que meus filhos e esposo haviam se afastado da casa espírita após minha partida. Fui muito bem recebida pela equipe espiritual da casa. Ante meus olhos, as tarefas da casa espírita se desdobravam de maneira inimaginável à percepção humana. Tempos depois, numa tarde, em que as atividades de evangelização se iniciariam, eu me preparava para a prece inicial. Surpresa, vi meu esposo entrando pelo auditório do centro e junto com ele um casal de adolescentes. Meu coração disparou e as lágrimas represadas pelos anos de saudade romperam pelos meus olhos. Fiquei paralisada. Nivea, que a tudo testemunhava, disse:

– Vá abraçar seus filhos! – corri e chorei, abraçada a eles. Abracei também o esposo. Entendia, que era o tão aguardado momento que Deus me reservara. Nivea aproximou-se de mim e perguntou:

– Você está bem, Berta? Consegue se controlar?

– Sim... Sim... – respondi. – Quero apenas agradecer! Então, Henrique me trazendo mais emoção disse a Larissa:

– Acho que vou gostar de voltar a frequentar essa casa!

– Eu também! – ela concordou.

– Foi dentro da casa espírita, lar sagrado ao meu coração, que reencontrei meus filhos. E aqui estão eles, perto do meu coração. Como mãe e evangelizadora, auxilio na criação deles. Conheci a atual esposa do pai dos meus filhos e sou muita grata a ela pelo carinho com que cuida de Larissa e de Henrique. Semanalmente, frequento a casa deles para participar da reunião de evangelho no lar. Aprendi que a morte não mata o amor, e que realmente os laços familiares são aqueles que nos unem espiritualmente. Berta silenciou.

Agradecemos pela emocionante narrativa e nos despedimos das duas evangelizadoras espirituais, que junto a Cristina retomaram suas atividades.

Nivea fitou-nos e convidou:

– Vamos para outra sala?

15

A Mediunidade de Vanda

Percorremos outras salas, e o quadro de assistência espiritual se desdobrava diante dos nossos olhos.

Aqueles que andam pelo mundo entronizando o pessimismo deveriam se envergonhar diante de tantas ações no bem que são realizadas.

A Misericórdia Divina em nenhum instante abandonou o homem à própria sorte em toda história evolutiva da humanidade.

É o homem que não acredita em si mesmo, porque a divindade tem total confiança na evolução espiritual de cada ser.

As casas espíritas, na função de escolas de almas, deveriam fomentar cada vez mais a tarefa evangelizadora entre crianças e jovens.

Crianças e jovens educados hoje, menor incidência de desequilibrados amanhã na fila para o passe.

Sabemos que todos os esforços dessa ordem necessitam do concurso dos pais, para que a tarefa educativa com Jesus surta o efeito desejado.

Afirmo mais uma vez, e afirmarei em todas as oportunidades que tiver, que a paternidade é uma missão que precisa ser bem mais compreendida.

É preciso que os pais, que se debruçam sobre o berço e contemplam aquele ser pequenino que lhes desperta ternura, compreendam que ali está um espírito imortal que precisa ser educado com muito amor, mas com toda honestidade e limites necessários para o amadurecimento e o crescimento espiritual que veio ao mundo buscar.

A última sala a ser visitada era a de Stela, a estrelinha triste, a que Nivea se referira anteriormente.

Erotilde, que nos acompanhara em silêncio durante toda nossa visita à instituição, tomou a palavra:

– A evangelização da criança e do jovem é recurso auxiliar e educativo para toda família. Quando uma criança está vinculada a uma prática evangelizadora, todos os membros da família recebem os benefícios dessa assistência. Como educandário de espíritos encarnados, toda a complexidade espiritual e dramas que reúnem essas almas sob o mesmo teto revela-se na abençoada escola consanguínea. As vidas se cruzam na família sob as bênçãos do Alto, de maneira que todos os envolvidos possam ver atendidas as suas necessidades evolutivas a depender do esforço de cada um. Stela é o instrumento pelo qual os Benfeitores Espirituais tentam despertar Vanda, sua genitora.

– A mãe não participa das atividades da filha? – Mirna indagou.

– De maneira alguma – Erotilde iniciou a explicação. – Ela foge sistematicamente dos convites reiterados. Vanda é portadora de mediunidade ostensiva, mas não quer se envolver e manter compromissos.

— Mas, ela não é obrigada a participar do centro espírita e educar sua mediunidade, não é mesmo? — Eleonora indagou, manifestando ansiedade na voz.

— Ninguém é obrigado a se vincular ao centro espírita, muito menos se encontra obrigado a educar sua mediunidade. Todavia, espíritos vinculados a essa família procuram auxiliar a todos já que Vanda, antes de reencarnar, pediu para ser portadora das luzes que a mediunidade proporciona na vida dos que se dedicam à tarefa do bem.

— O que está acontecendo de tão grave que afeta a vida de todos, Erotilde?

— Luiz Sérgio, até há alguns anos Vanda, Stela e Sérgio viviam em plena harmonia. Vanda conseguia administrar muito bem sua vida psíquica. Mas, as portas da alma ficaram abertas e o vento das perturbações começou a lhe tirar a paz. Invigilante, devido a comportamento destemperado, Vanda começou a sofrer o assédio de espíritos ignorantes e seu sofrimento se acentuou. A rotina de pesadelos se instalou e ela agora vive com medo, pois as perseguições e ameaças são frequentes. Entidades inteligentíssimas aproveitam-se da mediunidade deseducada da mãe de Stela para promoverem a vingança anelada. Ela não consegue ter uma noite inteira de sono reparador. O esposo, preocupado, mobilizou todos os recursos possíveis para socorrer a esposa amada. A ajuda psicológica no caso em questão foi muito danosa, pois, encaminhada a um psiquiatra, Vanda passou a tomar medicamentos que aprofundaram a crise, entorpecendo a sua razão. Todos os recursos foram mobilizados para que Vanda pudesse se recuperar. Após tanta insistência sem resultados novos, o esposo pusilânime foi se afastando do lar, se entregando a aventuras inconfessáveis. Vanda, por sua vez, não tem uma rotina de vida, e entre comprimidos troca a noite pelo dia e vive dentro do quarto. Mulher muito inteligente, de muita cultura adquirida através do cultivo da leitura, agora vive escondida da vida.

– E a criança, como Stela, pode ajudar frequentando uma reunião de evangelização? – perguntei.

– Chegamos à Stela pelo pai – Erotilde esclareceu. – Stela é uma alma muito querida ao meu coração desde remotos tempos. Temos muitas ligações forjadas em outras existências. Mobilizei todos os recursos ao meu alcance para auxiliar a família. Foi quando, dentro do próprio trabalho e por intermédio de um amigo espírita, que a sugestão foi feita para que Sérgio trouxesse a filha à evangelização. A menina estava sendo diretamente afetada pela ausência dos pais. Ela passa a maior parte do tempo sozinha dentro de casa. A mediunidade desequilibrada de Vanda afeta toda a família. É natural que todos sejam atingidos pelas perturbações espirituais que prejudicam Vanda.

– Mas, isso é justo já que apenas Vanda é médium? – Tuco perguntou com preocupação.

– Injustiça não é ação que faça parte das leis naturais. Tudo concorre para o bem de todos, muitas vezes onde pensamos encontrar inocentes ou injustiçados, o que existe são processos de reajuste e reparação – e dando nova inflexão à voz, Erotilde continuou: – Todas as famílias têm compromissos recíprocos. Não se juntam em um mesmo lar membros que não podem auxiliar no progresso mútuo.

– A chegada de Stela para a evangelização tem sido a porta de acesso para aquele lar. Aqui a pequenina aprendeu a orar, já que os pais não lhe ensinaram. E em todos os momentos em que Stela acende a luz da oração em rogativas pelo papai e pela mamãe nós encontramos meios para auxiliar toda a família. As condições já começam a se tornar favoráveis e estamos ganhando espaço na casa de Sérgio e Vanda. Dias atrás, em data comemorativa à publicação de O *Evangelho Segundo o Espiritismo*, Stela levou para casa um exemplar do livro, ofertado pela direção da casa a todos os participantes da evangelização. A pequena, sem que soubesse o recurso que levava para ajudar no equilíbrio do próprio lar, presenteou Vanda com o livro. Mesmo vivendo feito náufraga da vida e oscilando em estados de perturbação e lucidez, Vanda tem se interessado pelo livro e de maneira aleatória lê algumas mensagens, o que abre brechas em seu psiquismo para que avancemos em direção ao seu coração.

– Mas, ela não se interessa pela vida da filha, nunca foi à casa espírita para uma visita?

– Não, Luiz Sérgio, por inspiração das entidades que tentam dominá-la Vanda é arredia a qualquer aproximação com a casa.

– E ela vai ficar assim indefinidamente? – Eleonora questionou.

– Estamos felizes, porque existem claros progressos e a ajuda está surtindo efeito, mas Stela, através da sua participação na evangelização infantil, tem sido a ativista mirim e portadora dos bons ventos do Espiritismo.

– Erotilde – Mirna obtemperou com desejo de aprender. – E se não der tempo de auxiliar o pai e ele vier a abandonar o lar?

– A responsabilidade é dele – Erotilde asseverou com gravidade na voz. – Problemas e dificuldades todos enfrentam, mas se existir amor de verdade e comprometimento com a família ele não irá sucumbir. As dificuldades e problemas quando afetam a família testam todos os membros. Se alguns familiares saem em debandada é porque ainda não desenvolveram o sentimento básico de solidariedade dentro da escola consanguínea. Estamos em família para aprendermos e auxiliarmos uns aos outros.

As palavras de Erotilde refletiam todo comprometimento que a vida em família acarreta.

Infelizmente, muitas famílias na Terra vivem essa dura realidade do abandono entre si.

O que nos parece ser algo muito triste, na verdade, significa o imenso amor de Deus por seus filhos, porque justifica a condição de que a família é a nossa primeira sala de aula no mundo.

É em família que aprendemos a amar.

– Nem Stela, nem Vanda, e muito menos Sérgio estão desamparados, nada nesse mundo está à parte do amor de Deus. O auxílio continuará sendo ofertado, nossa proteção não cessará em momento algum, mas cabe a Vanda e a Sérgio despertarem para as graves responsabilidades perante a filha e a vida.

Enquanto Erotilde esclarecia acerca desse drama familiar, Zoel falou pela primeira vez:

– Eu meditava em como todas as criaturas estão protegidas e amparadas pelo amor de Deus. Nada escapa às Leis Divinas. Mas, não nos esqueçamos de que somos nós que acionamos os mecanismos dessa lei pelas escolhas que realizamos e pelas atitudes que promovemos. Somos sempre os que escolhemos por quais caminhos desejamos transitar.

Que bela oportunidade tínhamos diante de nós para aprender e assimilar preciosas informações acerca da vida.

– Nada existe fora do amor de Deus! – Augusto afirmou. – Nada se movimenta fora da órbita de suas leis. A imagem de Stela como criança nos inspira imensa ternura, mas o Espiritismo nos ensina a observar essa criança pela ótica da imortalidade, o que dilata imensamente nossa compreensão das coisas. Queremos e desejamos sempre que o final da história seja o mais perfeito e bom para todos, mas o capítulo final de toda trama humana é redigido pelo livre-arbítrio de cada um. Deus nos ama tanto, que não tira de nós o direito às escolhas, sejam boas ou más.

Nem preciso dizer que me emocionei.

A vontade que eu sinto é de gritar sem parar para que todos acordem:

– Ei, cara, ainda existe esperança!

16

Eu e Allan Kardec

Despedimo-nos de todos com grande júbilo e imenso sentimento de gratidão.

– Gostaria de compartilhar novas experiências com todos, mas estimaria acompanhá-lo nas experiências mediúnicas ao lado dos jovens, Zoel. Seria possível? – indaguei animado.

– Claro, Luiz Sérgio, sua alegria é sempre uma boa companhia. Estamos à sua disposição!

– Estamos à disposição sim, Zoel. Aguardamos você, Luiz Sérgio, para novos encontros e aprendizado, esteja à vontade! – Mirna reafirmou o convite com carinho.

Eu, Eleonora, Tuco e Augusto preparávamo-nos para a retomada das nossas tarefas na escola quando Erotilde indagou:

– Luiz Sérgio, você poderia nos falar um pouco da sua experiência com o aprendizado do Espiritismo?

Sorri diante daquela pergunta, mas me senti feliz em poder responder.

– Nos últimos anos, intensifiquei meus estudos a respeito das obras básicas do Espiritismo. E acontece algo interessante. À medida que estudo, mais me fascina o trabalho de Allan Kardec, ele é o grande Codificador do Espiritismo. Ainda estamos longe de compreender e vivenciar toda sua proposta educativa. Tem funcionado assim comigo, quanto mais eu estudo, mais a minha miopia espiritual diminui. Se agora enxergo pouco e ando tateando para não cair, antes eu era totalmente míope e não via nada. O Espiritismo para mim é como óculos que passei a usar. Quando voltamos para o mundo espiritual não significa que estamos de posse e temos o conhecimento de como as coisas funcionam por aqui. Conheço muito espírito desencarnado que vive aqui, como se estivesse encarnado. Os livros escritos por Allan Kardec são manuais de vida para as duas dimensões. Eu não podia ficar aqui parado, sem estudar. O espírito não pode deixar de ocupar suas horas com o aprendizado que o irá auxiliar em seu progresso. Minha grande preocupação tem sido inspirar alguns médiuns a simplificar o entendimento sem alterar o conteúdo. Para muitos espíritas, que querem tomar o Espiritismo para si, conforme suas convicções, adequar suas mensagens a uma linguagem compreensível aos jovens é uma heresia. Eu não penso assim, e seguirei adaptando em minhas narrativas e personagens, consoante minhas possibilidades, mensagens pontuais da Codificação e do Evangelho de Jesus para os nossos jovens.

– Estudar Allan Kardec é promover a libertação interior, é olhar para o céu e bendizer a bênção do pensamento livre, da realidade de ser filho de Deus e senti-lo em nós, pela capacidade de raciocinar. O Espiritismo não veio ao mundo para catequizar mentes e corações, mas para revelar uma educação propositiva, assim como é propositivo o Evangelho. Allan Kardec é um desbravador, pois nos legou os continentes da sabedoria e do amor, antes encobertos pelo véu da ignorância. Ele esclarece e mostra a realidade do portal da mediunidade, pondo fim às noites de amargura, de medo do "nunca mais", da morte escura. Trabalhou com médiuns adolescentes, deixando claro o papel do jovem na Codificação e sua condição de trabalhador, independentemente da idade adulta.

Para surpresa dos que me ouviam, retirei de baixo da minha camisa um exemplar de O *Evangelho Segundo o Espiritismo*. E segui falando:

– Tenho aqui esse exemplar do Evangelho, onde tenho feito alguns apontamentos em algumas mensagens que pretendo apresentar aos jovens encarnados. Quero homenagear Allan Kardec lendo para vocês mais uma mensagem do Evangelho que adaptei para os jovens. No momento grave que a humanidade atravessa, a juventude precisa estar conectada aos sentimentos que a auxiliam a superar as lutas do mundo. Uma das mais belas mensagens do Evangelho, no capítulo XVII, "Sede perfeitos", no item O Dever, foi ditada pelo espírito Lázaro, em Paris no ano de 1863. Lázaro fala do cumprimento dos nossos compromissos com responsabilidade, e a galera jovem necessita despertar para o benefício e a alegria interior que se pode experimentar tendo responsabilidade com o próprio dever, ou seja, com as obrigações que devemos cumprir perante a vida. Embora a palavra seja forte em sua expressão, o dever, para quem é consciente com tudo que implica a vida, pode ser cumprido com alegria e prazer.

Contemplei todos que permaneciam em silêncio, então comecei a leitura:

O dever

O dever é a obrigação moral do jovem para consigo mesmo, primeiro, e, em seguida, para com os outros. O dever é a lei da vida. Ele se encontra nas mais simples particularidades, como nos atos mais elevados. Quero falar aqui apenas do dever moral, e não do dever que as profissões impõem.

Na ordem dos sentimentos, o dever é muito difícil de se cumprir, por se achar em antagonismo com as seduções do interesse e do coração juvenil. Suas vitórias não têm testemunhas e suas derrotas nem sempre estão sujeitas à repressão. O dever íntimo do jovem fica entregue ao seu livre-arbítrio. O espinho da consciência, guardião da honestidade interior, o adverte e sustenta, mas, muitas vezes, mostra-se impotente diante dos raciocínios falsos e da paixão. Fielmente observado, o dever do coração eleva o jovem; como determiná-lo, porém, com exatidão? Onde começa ele? Onde termina? O dever começa exatamente no ponto em que ameaçais a felicidade ou a tranquilidade do vosso próximo; acaba no limite que não desejais que ninguém ultrapasse o seu.

Deus criou todos os jovens iguais perante a dor. Pequenos ou grandes, ignorantes ou instruídos, todos sofrem pelas mesmas causas, a fim de que cada um julgue em sã consciência o mal que pode fazer. Não existe o mesmo critério para o bem, infinitamente mais variado em suas expressões. A igualdade diante da dor é uma sublime providência de Deus, que quer que todos os seus filhos, instruídos pela experiência comum, não pratiquem o mal, alegando ignorância de seus efeitos.

O dever é o resumo prático de todas as especulações morais, é uma bravura da alma que enfrenta as angústias da luta; é rigoroso e brando; pronto a se dobrar às mais diversas complicações, mantém-se inflexível diante das suas tentações. O jovem *que cumpre o seu dever ama a Deus mais do que às criaturas e ama as criaturas mais do que a si mesmo. É, ao mesmo tempo, juiz e escravo em causa própria.*

O dever é a mais bela recompensa da razão; descende desta, como o filho descende da mãe. O jovem tem de amar o dever, não porque preserve de males a vida, males aos quais a Humanidade não pode se subtrair, mas porque confere à alma o vigor necessário ao seu desenvolvimento.

O dever cresce e irradia sob uma forma mais elevada, em cada um dos estágios superiores da Humanidade. A obrigação moral da criatura para com Deus jamais cessa; porque quer que a beleza de sua obra resplandeça a seus próprios olhos. – Lázaro.

Olhei à minha volta, percebi que todos estavam tomados de profunda emoção.

– Como não reverenciar e agradecer o trabalho de Allan Kardec? – indaguei, olhando para todos. – Os livros básicos, mais a coleção da *Revista Espírita*, em sua época e ainda hoje, são o reflexo do Consolador entre nós. Temos um roteiro seguro, fora isso é modismo e exaltação à vaidade humana. Meu contato com Allan Kardec tem sido de um aluno perante o Professor, ainda tenho muito o que aprender, apenas isso. Aqui desse lado da vida não fiquei parado, meu jeito metralhadora de ser não me permite ficar quieto. Quem fica parado não adquire conhecimentos.

Nesse instante, Augusto falou emocionando a todos:

– Após a minha morte física por afogamento, no final da década de sessenta do século XX, experimentei grande sofrimento, que teve a exata medida da minha ignorância das coisas espirituais. Testemunhei o sofrimento dos meus pais e de toda família, mas me mostraram que existia uma porta, um mensageiro, um médium que estava capacitado a levar notícias minhas para acalmar o coração sofrido daqueles que deixei quando fui tragado pelas águas do mar em cidade do litoral de São Paulo.

A fila dos que desejavam mandar notícias era imensa. Centenas de espíritos, assim como eu, nas mesmas condições de desespero e saudade, aguardavam pela chance de dizer: Estou vivo! – Tive a bênção e a oportunidade de entregar psiquicamente as breves notícias da minha vitória sobre a morte. Eu não poderia deixar de agradecer a Deus e ao médium pela oferta generosa de tempo e amor dedicados a consolar e a enxugar as lágrimas dos que ficam e dos que partem. Tempos depois, e também após novas comunicações, recebemos a oportunidade de estudar o Espiritismo. Portanto, tanto quanto Luiz Sérgio, eu agradeço ao querido professor Allan Kardec por codificar a Terceira Revelação, o Espiritismo.

Resumidamente ele contou sua história e comovido secou algumas lágrimas que rolaram por seu rosto.

17

O Drama de Renan

Retornamos à escola e já combinávamos algumas iniciativas para auxiliar na diminuição da influência espiritual sobre Jeferson, quando fomos surpreendidos pela chegada de Enia.

– Amigos, amigos... Preciso de sua ajuda...

– O que houve, Enia? – interroguei, então angustiado.

– Meu neto, Renan...

– O que se passa com ele? – Tuco indagou com ansiedade.

– Ele tentou o suicídio e está internado.

– Vamos visitá-lo sem demora! – Augusto pediu.

– E Zoel? Você o procurou, Enia? – Eleonora perguntou.

– Já o avisei...

Rapidamente, rumamos para o hospital e quando chegamos encontramos o quadro triste.

Zoel chegou praticamente no mesmo instante.

– Não imaginava que nos veríamos tão cedo e de uma forma tão lamentável, Zoel!

– Verdade, Luiz Sérgio. Mas o que aconteceu, Enia?

– Ele não teve estrutura emocional para lidar com novas perseguições na escola. Houve uma verdadeira campanha de alguns alunos contra ele. Seu nome foi pichado e Renan foi agredido na saída da aula. Se não bastasse isso, em casa o pai também tentou agredi-lo. A mãe procurou protegê-lo, mas Renan se trancou no quarto e tentou o suicídio. Pegou alguns remédios da mãe e ingeriu todos de uma vez. Após algumas horas, a situação se acalmou. Juntamente com algumas entidades familiares, procuramos debelar as energias deletérias através de preces e dispersão fluídica. Fiz o que pude, implorando em sua acústica mental para que não ingerisse os medicamentos, mas foi em vão, o livre-arbítrio prevaleceu. Quando finalmente entraram no quarto, ele já estava desmaiado. As providências médicas foram tomadas, lavagem estomacal e todos os procedimentos em casos como esse.

Estávamos todos dentro da UTI e naquele instante testemunhamos fato singular.

Renan, aturdido, ergueu-se em espírito.

Aqueles que tentam o suicídio ficam imantados fortemente ao corpo do qual buscaram se liberar.

Em pé, ao lado da cama, Renan falou entre gemidos:

– Que dor horrível... – E curvava-se, sentindo contrações estomacais.

– Nesse momento, podemos apenas oferecer lhe assistência fluídica, ministremos o passe magnético na região estomacal – Zoel pediu. – Vamos, Luiz Sérgio, estenda suas mãos sobre ele!

Colocamos Renan, espírito, na cama onde estava o corpo físico e o espírito se justapôs ao corpo, encaixando-se de maneira natural.

Coloquei minhas mãos sobre o centro de força gástrico e senti imediatamente o pulsar de energias repulsivas que vinham de encontro à palma das minhas mãos.

Todo grupo orava fervorosamente.

– Pai da vida – Zoel orava – ainda somos criaturas limitadas no entendimento das dádivas da vida. Ensina-nos a lutar contra as nossas imperfeições e vaidades humanas. Temos aqui diante de nós um filho querido ao Teu coração Paternal, necessitado da Tua indulgência, do Teu desmedido amor. Fortalece o coração e o espírito do nosso irmão Renan, a fim de que ele possa superar as lutas que lhe cabe enfrentar na presente encarnação. Auxilia-nos a chegar até seu coração aprendiz, revelando-nos em irrestrita solidariedade e compreensão. É mais um filho amado que caminha pelo mundo em busca de redenção. Apieda-te dele, mas apieda-te também dos agressores, daqueles que não aprenderam a respeitar e a entender as vias pelas quais os espíritos necessitam caminhar para o aprendizado intransferível. Sabemos que abdicar da própria vida pelas vias do suicídio é confrontar as leis naturais que nos oportunizam viver. Mas, te pedimos, compassivo Pai, favoreça esse teu filho em nova possibilidade de retomar suas lutas.

Enquanto Zoel orava, eu sentia sob minhas mãos o fluir harmonioso das energias antes descompensadas. Ele prosseguiu:

– Como aprendizes, que todos somos, suplicamos por Tua clemência e amor aos desesperados. Concede-nos o prosseguimento da encarnação do nosso irmão Renan, assim seja!

Lentamente, ergui minhas mãos sobre o tórax dele.

– Ele vai sobreviver! – Zoel afirmou com um sorriso. – Mas não por milagre, ele não desencarnou porque os médicos foram competentes e pela Misericórdia Divina.

– Graças a Deus! – Enia exclamou.

– Terá por um tempo alguns pesadelos bem reais, mas que fazem parte do que ele mesmo buscou.

– Como assim, Zoel? – Enia indagou.

– A tentativa suicida de Renan, embora não tenha sido bem sucedida, graças a Deus, o aproximou de outras mentes que transitam na faixa dos suicidas, espíritos desequilibrados que ele atraiu para junto de si. Embora existam alguns atenuantes, a vida é patrimônio inalienável e não pode ser destruída. Quando ele despertar no corpo físico, guardará desagradáveis lembranças das ligações que estabeleceu com essas entidades. Certamente, se recordará de cenas e imagens pouco agradáveis, já que esteve se equilibrando entre a vida física e a vida espiritual. Como nada nas leis de Deus apresenta tons de inutilidade, essas lembranças servirão de alertas valiosos para que o nosso jovem Renan se fortaleça e enfrente as adversidades da vida. Todos temos nossas lutas, no entanto não podemos fugir dos embates que nos levam ao crescimento.

Zoel era um espírito experimentado nos embates da vida e, certamente, poderia colaborar muito nas minhas atividades junto aos jovens.

– Não tenho como agradecer! – Enia falou, emocionada.

– Mas não tem que nos agradecer, precisamos ser gratos a Deus, pois algumas atitudes nossas diante do patrimônio que é a vida deveriam nos envergonhar.

– É verdade, Zoel! – Augusto concordou.

– Posso procurar você para realizarmos um trabalho literário juntos?

– Mas, eu não sei escrever como falo, Luiz Sérgio!

– Escrever é com o médium que vai vestir de palavras as nossas ideias. A gente passa as cenas e imagens, e o médium descreve. Acredito que temos muito a relatar ainda.

— Solicitemos aos nossos orientadores a liberação para esse projeto, e uma vez autorizados, aceito o convite.

— Combinado! — Zoel sorriu e eu também.

— Eita! E nós? — Tuco reclamou.

— Acho que essa turminha aqui tem muita coisa pela frente. Minha vida é fazer amigos, é estar junto com aqueles que desejam aprender e trabalhar para o bem de todos.

— Estou dentro, Luiz Sérgio! — Eleonora afirmou.

— Falando em equipe — Augusto indagou — onde está a Mirna?

— Ela não pôde vir, pois chegaram alguns jovens desencarnados na instituição e Mirna foi requisitada para o trabalho com a equipe que atende a nossos jovens.

— Dessa vez, está perdoada — eu disse e todos sorriram.

— Acho que agora podemos ir para a escola. A tarefa lá é inadiável — Augusto avisou.

— Então, Zoel, até breve! — abracei-o, me despedindo.

— Até sempre, Luiz Sérgio!

— Taí, gostei, vou adotar. Até sempre, Zoel!

18

De Volta à Escola

Chegamos à escola e lá estavam juntos Jeferson e Eduardo. Observamos que Eduardo trazia alguns papelotes de cocaína na mochila e que alguns alunos discretamente pegavam a droga com ele. Se não bastasse tudo isso, ele ainda portava uma garrafa pequena de vodca, que bebericava àquela hora.

– Qual será o nosso primeiro passo, Augusto?

– Vamos procurar a diretora e auxiliá-la para que ela se equilibre espiritualmente e emocionalmente. Se ela estiver bem terá condições de se decidir, de forma lúcida, a tomar atitudes que mudem esse quadro e a situação.

– Olá, amigos!

– Olá, Eleonora, como está Vagner?

– Ele está bem, Tuco. Segue firme junto com a mãe nos cuidados de casa.

– E a reunião na casa espírita que discutiria a participação dele?

– Ah, Luiz Sérgio! Ainda não aconteceu, mas estou atenta

e estaremos presentes assim que ela for realizada. Vagner pode ser útil na reunião mediúnica, pois apresenta amadurecimento para isso.

— Vamos até a sala da diretora?

— Vamos sim, Augusto! Precisamos agir de alguma forma e despertar a nossa diretora.

— Isso mesmo, Eleonora, vamos ajudá-la a mudar as coisas por aqui — disse com entusiasmo.

De repente, dois espíritos de desagradável aspecto se aproximaram de maneira desafiadora.

— Qual é a de vocês? Quem convidou para entrar na escola?

Eram vigilantes a serviço do tráfico de drogas.

— Não precisamos de convite para auxiliar nossos jovens.

— Luiz Sérgio, tem razão — Augusto falou me dando apoio. — Não precisamos de convites. Viemos aqui para ajudar e vamos ajudar!

— Deixe quieto, Ramiro, eles nada podem contra a organização.

— É verdade, Otaviano, tudo aqui está dominado pela organização e esses religiosos metidos não têm força, muito menos capacidade para criar algum problema para a escola.

— Eles são do Castelo do Pó e de tempos em tempos vêm fiscalizar o domínio da escola. Eu já os vi outras vezes.

— Já sabíamos que essa fiscalização existia, Tuco.

— Não viemos confrontar forças, Ramiro e Otaviano, o amor não se impõe, a justiça não violenta!

As duas entidades gargalharam estrepitosamente.

— Quem é esse tipinho, Ramiro?

— Não sei, Otaviano, mas acho que é mais um crente fanático, só pode ser. Deixa eles pra lá com suas ideias fantasiosas de querer salvar o mundo.

E dando de ombros, os dois fiscais do tráfico se afastaram.

– O mundo espiritual, tal qual o mundo material, é cheio de fanfarrões, que acreditam que estão acima do bem e do mal. Entendem que as leis naturais não podem atingi-los – Augusto esclareceu. – Atrasam os próprios passos em atividades das quais terão que dar conta, mais dia, menos dia – eu disse.

– Verdade, Luiz Sérgio. Eles falaram com tanta segurança e convencimento como se nada pudesse ameaçá-los.

– Eleonora, tudo a seu tempo, tudo na sua hora – Augusto asseverou.

Entramos na sala da diretora e lá estava ela, afundada em poltrona confortável e mergulhada em pessimismo.

– Vamos observar o teor das suas preocupações – Augusto pediu.

Seus pensamentos transitavam apenas nas contas a pagar e no saldo bancário.

Ventilava a compra de um carro novo, o que lhe garantiria admiração entre os colegas e a família.

Não havia a mínima preocupação com as coisas da escola.

Os pensamentos dela foram interrompidos por batidas na porta.

Com voz demonstrando enfado, ela disse:

– Pode entrar...

Era Ilka, a coordenadora pedagógica, que a buscava.

– Dona Teresa, me perdoe novamente incomodar com o mesmo assunto, mas é sobre a Marina...

– Aquela aluna que deu problema na semana passada?

– Essa mesma, acho que podemos ajudá-la...

– Não estou aqui para ajudar alunos com seus problemas familiares, Ilka. Temos oitocentos alunos em nossa escola e cada um tem seu problema familiar e pessoal. Não tenho como resolver os problemas do mundo. Manter a escola aberta é a nossa missão.

– É que o Eduardo está dando em cima da garota, e a senhora sabe como ele é. Ela corre perigo se envolvendo com ele, pode se voltar para as drogas. Quantas garotas e garotos esse Eduardo já levou para o lado dele?

– Ilka – a diretora falou com intolerância – hoje é dia dez, portanto, dia de pagamento. Você já verificou seu extrato bancário?

– Já, dona Teresa...

– O seu pagamento foi depositado?

– Sim, dona Teresa... – a coordenadora respondeu sem entender.

– Se o seu pagamento já está na sua conta, para que se preocupar com o resto? Agora saia e me deixe trabalhar!

Ilka sentiu como se o chão saísse debaixo dos seus pés.

Ela tinha que fazer alguma coisa, não era possível que tudo continuasse do mesmo jeito.

Lacrimosa, ela se dirigiu para a sala da coordenadoria e lá chorou amargurada.

Ficamos observando a diretora que não havia se comovido com a tentativa da coordenadora de ajudar a aluna.

Ela retirou o celular da bolsa e resolveu conferir algumas mensagens.

Nesse exato momento o telefone tocou:

– Alô... Ah, é você...

– Depósito efetuado na sua conta – a voz do outro lado comunicou.

– Conforme o combinado, Eduardo?

– Sim diretora, agora fique na sua e trate de não atrapalhar o nosso comércio.

– Temos um problema, Eduardo.

– O que está rolando?

– A coordenadora pedagógica anda querendo ajudar alguns alunos. É uma tonta que acha que vai mudar o mundo. Ela está se aproximando da Marina, aquela "aluninha" a qual você está de olho.

– Vamos dar um jeito na coordenadora, deixa comigo!

– Pelo jeito, não poderemos contar com a diretora, está tudo corrompido nessa escola – Tuco lamentou.

– Não podemos contar com a diretora, mas podemos contar com a coordenadora – Augusto avisou.

– Você não sabia do envolvimento dela, Tuco? – perguntei.

– Não, nem imaginava, tudo isso é uma surpresa para mim. Sempre vi a diretora muito alheia a tudo, mas daí a imaginar que ela fizesse parte da organização vai uma distância muito grande.

– Vamos concentrar nossa ajuda na coordenadora Ilka – Eleonora pediu.

Imediatamente, fomos até a sala da coordenadora, e Augusto aproximou-se dela de maneira a lhe inspirar algumas sugestões.

– Já que ela deseja ajudar, vamos nos juntar a ela.

"Ilka, procure ajuda policial, denuncie de maneira anônima."

Augusto sugeriu-lhe a denúncia, repetidas vezes, até que a ideia que a princípio parecia loucura começou a ganhar força na mente de Ilka.

E ela dizia a si mesma: "Tenho que fazer alguma coisa, isso não pode ficar assim."

Nesse momento, alguém bateu à porta da coordenadoria:

– Entre! – ela autorizou.

– Com licença, dona Ilka.

– Entre Marina, o que aconteceu?

– É aquele garoto, o Eduardo, ele entrou na sala de aula e disse que vai me levar para casa hoje. Vi que ele está armado.

Ilka meditou por alguns instantes no que poderia fazer para ajudar a aluna.

Após nervosa e confusa reflexão, decidiu:

– Assim que tocar o sinal de término da aula, você vem para minha sala e eu levo você até sua casa.

– Mas, ele vai ficar com raiva da senhora!

– E o que eu posso fazer?

Marina agradeceu a ajuda da coordenadora, mas intimamente ambas temiam pelo que pedesse acontecer.

19

Ameaças

Nós decidimos por acompanhar todos os fatos e nos comprometemos a ficar na escola até que o quadro se modificasse.

Rapidamente, a última hora do período de aula passou, e o sinal tocou.

Marina fez o que a coordenadora havia pedido, dirigiu-se para a sala dela.

Ilka apanhou sua bolsa e retirou de dentro dela a chave do carro.

De braços dados, elas passaram pelos corredores da escola e em frente à diretoria.

A diretora avistou as duas, mas quando as viu abaixou a cabeça disfarçando.

Elas caminharam para o portão da escola e assim que saíram para a calçada Ilka teve uma surpresa desagradável.

Seu carro estava com os quatro pneus vazios.

Do outro lado da rua, Eduardo sorria e fazia malabarismos com um prego entre os dedos.

Ilka sabia que não poderia partir para o enfrentamento.

Ela ligou para o esposo e pediu ajuda.

Em pouco mais de uma hora e meia, tudo estava resolvido e Ilka, então, partiu, levando Marina para casa.

No caminho, o celular dela tocou e uma voz grave lhe disse:

– Não se intrometa em nosso caminho, caso contrário as coisas vão ficar bem complicadas para você.

Ela ouviu tudo e ficou apavorada, o medo invadiu seu coração.

Antes dela outras pessoas já tinham ocupado o cargo de coordenadora, mas todas partiram sem conseguir ficar.

Por sua mente, passavam alguns rostos de alunos e alunas aos quais ela se afeiçoara.

Novamente, Augusto aproximou-se e insuflou em sua tela mental:

"Você pode fazer alguma coisa para que esse quadro se modifique. Quantos jovens se envolvem com as drogas por causa daquela escola? Como você vai conseguir dormir sabendo que tudo seguirá do mesmo modo?" O dia passou e ao final da tarde o esposo de Ilka chegou do trabalho.

Ela nunca havia revelado a Ítalo, esse era o nome dele, como era o ambiente na escola, pois sabia que o esposo faria o possível para retirá-la de lá.

Mas, a situação, por sua vez, era grave, e ela não poderia mais agir sem que ele soubesse.

A noite chegou, e o casal sentou-se para o lanche da noite.

Eles não tinham filhos.

Ilka ameaçou várias vezes abordar o assunto, mas receava a atitude do esposo.

– Vou tentar ajudá-los a ajudar a escola.

Augusto aproximou-se de Ítalo e fluidicamente o envolveu.

O esposo da coordenadora era um bom homem, de ideais nobres, não foi difícil encontrar nele ideias que se identificassem com o projeto de ajudar a escola.

Após várias tentativas, Ilka finalmente entrou no assunto e explicou tudo para o marido.

Ele ouviu tudo com atenção.

À medida que ela narrava, ficava em suspense, pois não imaginava o que ele iria dizer.

E finalizando disse:

– Peço que me perdoe por ter escondido algumas situações a respeito da escola. Quero apenas que você entenda que eu só quero ajudar.

Impôs-se um silêncio cheio de expectativas.

Ítalo franziu a testa e disse:

– A situação é delicada, mas precisamos fazer alguma coisa. Não se preocupe, amor, vamos achar um jeito.

– Que maravilha! – Ilka vibrou de alegria.

– Acho que estamos abrindo caminho! – Tuco comentou.

– Mas qual será o melhor caminho? – Eleonora indagou.

– É preciso chacoalhar a casa de marimbondos para que eles se sintam ameaçados.

– E isso quer dizer o que, Augusto?

– Quer dizer, Luiz Sérgio, que Ítalo e Ilka devem denunciar à polícia o que se passa.

– E se a polícia estiver envolvida? – Tuco perguntou.

– Tomaremos outras medidas – Augusto avisou.

Nesse exato momento, Ítalo comentou:

– Já sei...

– O que você sabe, querido?

– Ilka, vou telefonar para o meu primo Olívio, aquele que é investigador de polícia. Certamente, ele saberá nos esclarecer sobre o que fazer.

– Ótima ideia! Ligue sim!

Ítalo consultou sua agenda e pegou o número do policial.

– Faz algum tempo que não o vejo, mas éramos inseparáveis na infância. Olívio era meu melhor amigo.

– Vou ficar de dedos cruzados – Ilka afirmou, sorrindo.

Após alguns instantes, Ítalo foi atendido pelo primo.

Os votos de alegria pela retomada do contato eram muitos.

Após as notícias e saudações, ele entrou no assunto.

Ítalo pediu um papel para a esposa e anotou as orientações dadas por Olívio.

– Estamos com medo e tememos pela segurança de Ilka.

– Amanhã mesmo faremos uma visita à escola, fique tranquilo. Comunicarei os fatos ao delegado que é uma pessoa de confiança. Fiquem tranquilos!

Com votos de uma visita para almoço e matar a saudade, eles se despediram.

– Agora faremos uma visita à escola – Augusto avisou.

– Iremos agora à escola?

– Isso mesmo, Luiz Sérgio! Está na hora de Jeferson nos conhecer.

– Finalmente, poderei sair do anonimato. – Tuco comentou aliviado.

– Mas, seu trabalho foi importante esse tempo todo, Tuco.

– Sofri muito acompanhando todos os fatos sem poder fazer nada, Eleonora.

– De qualquer forma, agora iremos agir. Não se preocupem com ameaças e tudo mais que Jeferson e sua turma disserem.

– Augusto tem razão! Eles sabem que não podem fazer nada com a gente, somos espíritos como eles – falei convicto.

– Entramos em um momento crucial dessa história toda. É como mexer em um vespeiro. Precisamos estar unidos em trabalho e oração – Eleonora asseverou.

– Isso mesmo, Eleonora, o momento é grave e estamos prontos para fazer a nossa parte. A situação que testemunhamos nessa escola se repete em outras cidades e países. Os templos da educação estão sendo tomados por outros interesses, e o progresso geral e o bem estão sendo deixados de lado.

– Isso mesmo, Luiz Sérgio. Façamos a nossa parte!

– E Vagner, Augusto, onde ele pode ajudar?

– Vagner, como garoto simples e pobre da comunidade, irá, no momento certo, revelar seu talento e cumprirá o papel de exemplo para toda a galera.

– Então vamos, Augusto? – convidei.

– Sim, vamos à escola!

Em breves momentos, chegaremos lá.

A noite ia alta.

Não havia aula no período noturno, mas vários jovens espíritos desencarnados estavam na escola.

Assim que entramos, notamos alguns caídos pelo chão em deplorável situação.

Muitos estavam alucinados e falavam palavras desconexas, sem sentido.

Não demorou muito para sermos abordados pelos vigias espirituais do tráfico:

– Onde vocês pensam que vão? – indagou um deles com tom provocativo.

– Quero falar com Jeferson! – Augusto respondeu com atitude amistosa na voz.

Isso pareceu irritar a sentinela das trevas.

– Ele não vai receber os soldadinhos do crucificado – e dizendo isso caiu na gargalhada.

– Não somos soldadinhos, pois não estamos em guerra! – não me contive e respondi, mas usando de paciência na voz.

– Saiam daqui, agora! – ele ameaçou.

– Não sairemos daqui até falarmos com Jeferson.

Percebendo a determinação de Augusto, a sentinela do vício hesitou.

20

A Fúria de Jeferson

Estava criado o impasse.

Ele ficou nos olhando, destilando raiva pelos olhos.

O momento desagradável foi interrompido pela voz de Jeferson:

– Quem são vocês? O que querem aqui?

– Viemos lhe pedir para abandonar a escola...

Ele interrompeu as palavras de Augusto com gargalhada estrepitosa.

– Só me faltava essa, nova turma de crentes imbecis. Quem vocês acham que assustam?

– Não viemos para assustar ou lutar por nossas ideias. A verdade não precisa de defesa, Jeferson – Augusto era firme no tom de voz, mas estava longe de ser agressivo, e prosseguiu: – Estamos aqui para pedir que se retire dessa escola, que deixe os alunos em paz, e que pare de aliciar essas mentes juvenis.

– De maneira alguma, nossa organização tem a oferecer o prazer pelo qual eles tanto sonham...

– Prazer? Que prazer? A ilusão doentia que as drogas oferecem? A destruição das famílias? Os crimes e violências sexuais praticados em estados de loucura? É esse o prazer que você tem a oferecer? Pois, fique sabendo que viemos para ficar e não vamos arredar o pé dessa escola, enquanto tudo não voltar a ser como era antes!

Fiquei observando o comportamento de Jeferson e constatei que ele era invadido pela insegurança.

A insegurança que invade aqueles que não têm paz de consciência, porque sabem que estão agindo errado.

Enquanto o mal acontece, os maldosos se fortalecem escondidos nas mentiras que eles mesmos inventam e acreditam, mas no instante em que se deparam com a verdade da vida suas consciências fazem com que eles se fragilizem.

– Essa escola é nossa, tudo aqui nos pertence!

– Essa escola é dos alunos e deve funcionar como templo à educação. Aqui as mentes devem aprender e crescer, aqui será novamente um ambiente de paz e harmonia.

Mesmo sendo um fiel defensor das ideias que defendem o prazer a qualquer custo, Jeferson se incomodava com as palavras de Augusto.

Não consegui me conter e falei:

– Qual é, Jeferson? Estamos vendo nos seus olhos que essa vida já não serve mais para você. Suas convicções começam a cair por terra. Veja o que aconteceu com Almir. Assim como ele voltou para os braços do pai que tanto amava, você sente a mesma necessidade de viver esse amor.

Minhas palavras tiveram efeito devastador em Jeferson.

De olhos crispados de raiva ele esbravejou:

– Malditos sejam vocês! Eu não tenho pai, nunca tive, muito menos mãe! Minha família são as drogas, o prazer...

– Você sabe que isso tudo é uma mentira que você se esforça por acreditar e transformar em verdade. Quantos jovens mergulham no vício por causa da carência afetiva? Da mesma maneira que aconteceu com você, as drogas são portas e rotas de fuga. A fuga de si mesmo, a fuga da vida. É como um precipício sem fim onde os jovens mergulham sem pensar. Mas, nós dois sabemos que durante a queda que não cessa, estamos sempre em nossa própria companhia. Junto com os mesmos fantasmas que sempre nos amedrontaram.

– Chega dessa conversa estúpida! Não vamos sair daqui...

Tuco e Eleonora oravam, e pelas preces emitidas uma luz suave e harmoniosa envolvia a mim e a Augusto.

Jeferson sentiu-se acuado e bradou, afastando-se:

– Aumentaremos nossa influência sobre os alunos e dirigentes dessa escola, sim. Vocês vão pagar caro por terem se metido em nosso caminho.

– Jeferson, você faz uma força imensa para se convencer de que é mal, mas tenho que lhe dizer, Deus ama você e quer sua ajuda para cuidar dos jovens filhos Dele. Você tem uma força imensa, mas está trabalhando por um ideal ilusório, está construindo um castelo de areia, que vai ruir sobre sua cabeça.

O líder das trevas na escola portava-se como criança perdida diante dos nossos argumentos.

– Você sabe que a morte não existe, que tudo prossegue e principalmente que iremos responder por todo mal que fizermos aos outros. Desperte, porque muita gente ama você e deseja o seu bem. Sua mãe quer lhe ver...

Não terminei a minha fala, porque atormentado por nossas palavras, ele se retirou esbravejando.

– Eu não tenho mãe...

Olhei para os lados e via apenas Augusto e Eleonora.

– Onde está Tuco?

– Foi ao centro espírita buscar ajuda para transportarmos esses jovens dependentes.

Olhei ao meu redor e por todo o pátio da escola, por volta de dezessete jovens da nossa dimensão se encontravam jogados pelo chão.

Não levou muito tempo para que Tuco retornasse com médicos e enfermeiros.

Várias macas foram armadas e os jovens socorridos.

Garotas de olhar alucinado.

Garotos embriagados.

Uma das cenas que mais marcou aquela noite foi a de uma garota que se encontrava enlouquecida, porque desencarnara grávida. Usuária de crack, carregava grudado ao ventre o feto putrefato numa cena mentalizada por ela, que o mais bem elaborado filme de terror não conseguiria descrever.

Diante daquela miséria espiritual, não me contive e chorei.

Eleonora aproximou-se de mim e nos abraçamos.

Augusto, ao perceber nossa emoção, falou com alegria:

– Que nossos corações se alegrem, porque Deus está aqui! Por mais terrível nos pareça a situação, ainda assim o amor de Deus se faz presente. A degradação humana acontece quando o amor é posto de lado e o prazer passa a ser a razão principal de qualquer vida. Egoísmo e ilusão é o que vemos aqui. Nos emocionamos, nos entristecemos, mas Deus está aqui. Por maior que seja o quadro de miséria que testemunhamos nessa noite, todas essas almas são amadas por Deus e poderão recomeçar. Cada qual com sua herança espiritual, cada qual com o fruto da colheita semeada. São filhos queridos do Pai e poderão retornar ao lar, tais quais os filhos pródigos, como nos ensinou Jesus na parábola inesquecível. Esses saíram da casa paterna acreditando que já eram adultos o suficiente para empreender quaisquer caminhos. Partiram em busca do prazer que entendiam ser o sentido da vida. Gozar, gozar e gozar era o que desejavam. Foram imprudentes com as dádivas concedidas, agora terão que se ajustar às Leis Divinas. É possível que muitos dos socorridos não aceitem o socorro e o amor oferecido hoje, e tais quais crianças rebeldes, fujam do regaço paterno, mas mesmo assim Deus ama todos os seus filhos e aguardará o despertar de cada um. Alguns deles voltarão mais cedo, outros voltarão mais tarde. Pode não ser para a Terra, mas como assevera Jesus, há muitas moradas na casa do Pai. Se recalcitrarem mais vezes, moradas adequadas à própria condição de rebeldia lhes serão oferecidas. Mas, ninguém se perderá.

Silenciosamente, ouvimos as palavras de Augusto.

Ele tinha razão, tudo acontece dentro das leis naturais que regem a vida.

Somos os filhos pródigos, fomos criados simples e ignorantes, mas carregamos em nosso ser as riquezas inerentes ao princípio inteligente do Universo, que é o Espírito.

O bem está latente em nós, o livre-arbítrio é que determina em quais estradas iremos seguir: dor ou amor?

Viajamos pelas vidas sucessivas e nos embevecemos pelas paisagens.

Vivemos no mundo acreditando pertencer ao mundo.

Quando a dor nos faz comer junto com os porcos é que nos lembramos da casa do pai, do coração de Deus, e ansiamos voltar.

21

Surpresa

Ainda na mesma noite eu e Augusto fomos à casa de Ilka para tentar conversar com ela em espírito, durante o sono físico da coordenadora.

No caminho, Augusto perguntou:

– Que história foi aquela de dizer ao Jeferson que a mãe dele quer vê-lo?

– Sabe que eu não sei...

– Como assim, Luiz Sérgio?

– É como eu digo, eu não sei, foi uma intuição que senti e acabei falando.

– E o que vamos fazer para que a mãe dele nos ajude? Nem sabemos onde ela está.

Augusto tinha razão, mas era melhor aguardar mais um pouco.

Eu guardava em meu coração a certeza de que algo ainda iria acontecer para ajudarmos Jeferson.

Chegamos à casa de Ilka e a encontramos na sala, em conversação com entidade masculina que nos pareceu um espírito familiar.

– Muita paz nesse lar! – foi a saudação de Augusto.

A entidade sorriu e disse:

– Seja bem-vindo, mensageiro do bem! Fui o pai de Ilka na presente encarnação. Estou feliz com a ajuda que chega.

– Viemos pedir a ela – falei entrando na conversa – para tomar novas iniciativas culturais para a escola. Queremos arejar o ambiente com situações positivas para todos os alunos.

– Quem são vocês? – ela indagou.

– Esse é Augusto, e eu sou Luiz Sérgio. Estamos auxiliando no trabalho de renovação do ambiente escolar.

– Eu atenderia a seu pedido, mas sou apenas a coordenadora pedagógica da escola, não tenho poderes para alterar a programação montada pela diretora.

– Alguma coisa me diz que você irá nos ajudar muito. Quando nossa conversa terminar você vai despertar para ir ao banheiro. Algumas impressões desse nosso encontro ficarão gravadas em sua mente como fragmento de sonhos. Essas lembranças se repetirão durante o dia em forma de inspiração e novas ideias. Quando isso acontecer, confie! Estaremos ao seu lado para auxiliar em tudo.

E virando-se para o pai de Ilka, Augusto pediu:

– Podemos contar com sua ajuda, Sr...

– Armindo, meu nome é Armindo e pode contar com meu apoio. Há algum tempo venho me preocupando muito com a Ilka. As péssimas influências espirituais vinham minando as forças psíquicas dela.

– Unidos, nós teremos força suficiente para ajudar sua filha e a escola que ela tanto ama.

– Augusto está certo, Sr. Armindo – falei convicto – com a ajuda de todos tudo irá mudar.

Despedimo-nos com votos de paz e união e retornamos para a escola. Em pouco tempo amanheceria, e queríamos participar dos fatos renovadores que por certo ocorreriam.

*****

Amanheceu e o panorama espiritual da escola apresentava um quadro mais equilibrado.

Embora ao redor do prédio escolar fossem vistos agrupamentos de jovens desencarnados, ligados ao vício, no interior da escola eram poucas as entidades desajustadas que circulavam.

Sabíamos que tudo dependeria da psicosfera ambiente, o astral precisava ser modificado.

Teríamos que auxiliar na mudança das ideias, fomentar iniciativas edificantes para que o psiquismo dos alunos pudesse se alterar.

Confiávamos em Ilka, mas a situação era muito delicada.

A hora de início das aulas se aproximava, e alguns alunos começavam a chegar à escola.

Eduardo entrou pelo portão e, envolvido espiritualmente por Jeferson que se encontrava na esquina próxima, demonstrou em seu olhar grande consternação e raiva.

Como instrumento das trevas e parceiro de Jeferson, ele era como uma marionete.

O traficante desencarnado tinha toda ascendência sobre a mente de Eduardo que experimentava delicado grau da obsessão, a subjugação.

O movimento aumentou com a chegada dos alunos.

A rotina era a mesma, e todos vinham com suas companhias espirituais.

Ao mesmo tempo, no portão de entrada ia se formando um aglomerado de espíritos ligados às drogas que estavam receosos de adentrar a escola.

Marina entrou e passou por Eduardo, que de maneira violenta lhe segurou o braço, apertando-o.

– Olha aí, garota! Tu és minha, entendeu, na hora que eu quiser eu te pego!

Jeferson, que estava ao lado, incentivou:

– Sua não, ela é nossa!

Ilka, que vinha logo atrás e viu a cena, falou sem medo:

– Ela não é sua, e se você encostar um dedo nela novamente, vai se arrepender!

Ele olhou para a coordenadora, fitando-a de cima a baixo e cuspiu no chão.

As pernas de Ilka tremeram, mas ela se manteve firme.

A tensão foi quebrada pela diretora Teresa que passou pelos dois e cumprimentou:

– Bom dia!

Ilka foi para a sala da coordenação, e Marina para a sala de aula.

Na sala de aula, para minha surpresa, Marina cerrou os olhos e fez uma prece por Eduardo.

Percebi que ele despertava nela algumas emoções que ela mesma não sabia explicar.

Eleonora entrou ladeando Vagner, que ao passar pelo portão de entrada não se sentiu bem.

– Ele não está legal essa manhã, Luiz Sérgio!

– Calma, Eleonora, ele é médium, e certamente está registrando através da mediunidade o verdadeiro tsunami de energias e vibrações que toma conta da escola. Olhe para o portão e veja quantos jovens desencarnados e atormentados encontram-se por ali.

– Luiz Sérgio tem razão, Eleonora, acalme-se! Tudo vai ficar bem.

No exato momento em que Augusto fez o comentário, aquela turba de espíritos que se encontrava no portão, sob o comando de Jeferson, invadiu a escola aos gritos e palavrões.

Inteligente, Jeferson queria tumultuar a escola gerando confusão entre os alunos.

A atmosfera ficou densa e pesada.

Os alunos mais sensíveis registraram aquilo tudo em forma de arrepios e bocejos incontidos.

Vagner chorava, inexplicavelmente, para os que não conseguiam registrar o que se passava.

O pátio da escola ficou novamente tomado pelos espíritos que haviam se retirado à noite.

E no portão, de maneira triunfal, Jeferson ria sarcasticamente e olhava em nossa direção.

O sinal de início das aulas ecoou por toda escola, e os alunos dirigiram-se para as respectivas classes.

Jeferson entrou e caminhou em nossa direção, vindo falar conosco.

De maneira desafiadora, postou-se à nossa frente e gargalhando, falou:

– Quem é que manda aqui?

Mas, algo inusitado aconteceu nesse momento.

A sirene da polícia pôde ser ouvida e alguns carros oficiais estacionaram em frente à escola.

Vários policiais entraram no prédio.

Quem pudesse observar as dimensões espirituais da vida naquele instante iria se surpreender.

Os espíritos que haviam invadido a escola, por estarem ainda vinculados às coisas e comportamentos equivocados praticados na Terra, ao virem a polícia fugiram em desabalada carreira.

– Sujou... Sujou... – eles gritavam.

Vários pularam o muro, amedrontados.

– Ser preso de novo, estou fora! – e a debandada foi geral.

O delegado foi até a sala da diretora e de posse de autorização do juiz percorreu todas as salas.

Eduardo foi levado junto com outros menores por estar de posse de grande quantidade de drogas.

As autoridades responsáveis pelos menores iriam decidir qual encaminhamento dariam para a situação e reeducação dele.

Jeferson, embora a raiva, sentiu-se amedrontado.

– Não queremos seu mal! – Augusto tentou conversar.

– Malditos, vocês vão pagar por isso!

22

Novos Ares

Estávamos muito felizes com as perspectivas de mudança da situação da escola. Eduardo, que se mostrava tão violento e cruel, não resistiu ao interrogatório das autoridades e contou a participação da diretora na negociação das drogas.

A descoberta de tudo atraiu a atenção da imprensa.

Nova diretora foi nomeada, e Ilka foi chamada para uma conversa:

– Eu fui informada da sua dedicação aos jovens da escola e seu desejo de ajudar na mudança de tudo.

– Isso é verdade, Eliane. Tentei de tudo para colaborar com a Teresa, mas não consegui.

– Isso são águas passadas, Ilka. O que poderíamos fazer para auxiliar na reintegração da escola?

– Promover a arte de maneira geral. Nossos alunos gostam de música, de rap, de rock, literatura, teatro e vai por aí. Eles precisam sentir que a escola é um ambiente deles, do mundo deles. Sem identificação, eles não terão prazer em ficar aqui enfurnados.

Eu e Augusto acompanhávamos tudo.

Enquanto Ilka falava, a diretora anotava as sugestões.

Aproveitei aquele momento favorável e me acerquei de Ilka e repeti em seus ouvidos:

"Peça para ela criar no intervalo das aulas o momento "arte livre", em que os alunos possam apresentar na quadra, durante os vinte minutos de descanso, suas manifestações artísticas."

Insisti, repetindo tudo, e Ilka registrou minha sugestão em forma de intuição.

A diretora Eliane aprovou as ideias.

Uma reunião com os professores foi convocada, pois eles deveriam ser ouvidos.

Representantes dos alunos foram chamados, e novas metas foram traçadas.

Com as novas ações, os alunos, então, teriam outros motivos para estar na escola; além de aprender, o espaço ofereceria condições para se conviver.

A nova diretora dizia não quando era necessário e explicava o porquê.

A aproximação dela com o mundo juvenil facilitou a identificação das carências e do que precisava mudar.

O concurso de poesias foi transferido para outra data, ganhou preferência, a pedido dos alunos, primeiramente o concurso chamado de Rap na Escola.

As inscrições foram abertas e houve grande procura.

Vagner estava animado e decidiu participar.

Embora se esforçasse buscando inspiração, eu me aproximei dele, pois também fiquei animado e decidi participar.

Augusto riu me dizendo:

– Luiz Sérgio, só você mesmo para participar de um concurso de rap através de um médium.

– Tem todo meu apoio! – Tuco afirmou, animado.

– Conte comigo! – Eleonora sorriu.

– Se Beethoven e Bach recebiam inspiração para suas composições, por que o espírito que vos fala não pode participar de um inofensivo concurso de rap na escola?

Todos riram gostosamente das minhas palavras.

– Esse é o Luiz Sérgio! – Augusto afirmou.

* * * * *

Foram muitas as inscrições para o concurso, os alunos amaram a novidade.

Dessa vez, eles não aprenderiam apenas, mas vivenciariam a fase juvenil, tão importante para suas vidas, no ambiente escolar.

Era possível aliar a educação ao contexto de vida dos alunos.

Jeferson não foi mais visto nas imediações da escola.

Eduardo passou a ser orientado e cuidado conforme suas necessidades. Recebia ajuda psicológica e toda a assistência possível.

A partir daquele momento, tudo dependia dele.

Acompanhei Vagner durante a inscrição e levei a sério ser seu parceiro na composição do rap.

Certa tarde, após a aula, o acompanhei até sua casa.

Lá chegando, ele se recolheu e concentrado, pensando no concurso, eu pude inspirá-lo à letra do rap.

Procurei infundir-lhe coisas que interessavam a um jovem com a idade dele, que vivia no contexto social em que ele vivencia.

O nome da nossa composição era: "Tô de boa com o rap".

Na escola não se falava em outra coisa.

Uma semana após, em um sábado sem aula, a escola ficou lotada.

Vagner pediu a dois amigos para fazerem com a boca a batida do rap.

E lá estava eu, vibrando pelo ambiente novo, com novas lutas, é certo, mas sem o domínio das trevas através das drogas.

Ainda haveria muito trabalho, mas com o concurso de colaboradores dos dois lados da vida tudo estaria melhor.

Ilka estava firme e o seu coração bondoso e sério nos permita inspirá-la com novas ideias e propostas educativas.

A diretora Eliane abraçou a escola como sua casa e os alunos como sua família, dedicando-se com todo carinho.

Os resultados vieram em pouco tempo. A assiduidade dos alunos melhorou muito. O interesse e as notas se elevaram. O número de conflitos diminuiu. A taxa de uso de drogas e álcool no ambiente escolar foi a zero.

Com todos esses resultados nova rotina se estabeleceu.

Desde então, entidades amorosas e vinculadas à educação eram encontradas no pátio da escola.

A escola tornou-se referência para outras escolas que tinham seus problemas agravados pela infiltração de traficantes.

A diretora esforçava-se para melhorar a participação dos pais na vida escolar dos filhos.

Esse era o seu maior objetivo.

Sem educação, as consequências eclodem nos dois lados da vida.

Precisamos de saberes e ansiamos por vivências novas para construção de uma sociedade mais fraterna.

Fui interrompido em meus pensamentos por Augusto:

– E então, MC Luiz Sérgio, vai ganhar seu primeiro concurso de rap?

Não resisti e cai na gargalhada.

– A alegria é atributo de espíritos saudáveis, não é, Augusto?

— Tenho certeza disso, mas você me surpreende. É por isso que os jovens gostam tanto do seu trabalho. Esse seu jeito é natural e espontâneo.

— Como alguém imagina falar com os jovens sem conhecer e participar do mundo deles? Jesus quando esteve entre nós desceu ao nosso patamar de entendimento para nos orientar. E nós, quando nos tornamos adultos perdemos a força e o idealismo juvenil, isso não é legal. Deveríamos manter as virtudes juvenis e principalmente as infantis, mas nos perdemos. Tornamo-nos adultos sem graça, sem humor, apenas interesseiros e interessados nas conquistas sociais. Fazer o quê?

— Tem toda razão, Luiz Sérgio! — Eleonora chegou acompanhando Vagner. — Trouxe seu parceiro compositor.

— Os espíritos influenciam muito a vida dos encarnados. E que ninguém duvide disso!

— Está certo, Tuco! Da próxima vez não conto para vocês sobre a minha habilidade de compositor. Mas eu quero mais uma vez ressaltar o grande trabalho de Allan Kardec em *O Livro dos Espíritos*, no Capítulo IX, "Intervenção dos Espíritos no mundo corpóreo". Precisamos divulgar essa informação para todas as pessoas e principalmente para os jovens. Os espíritos desencarnados influenciam também de maneira positiva os seus pensamentos.

E os primeiros grupos foram chamados, e as apresentações tiveram início.

As letras foram compostas retratando a realidade das regiões periféricas como aquela em que a escola estava situada.

Os aplausos não cessavam.

Dez raps foram compostos, e o de Vagner ficou por último.

Ilka e outros professores formavam o corpo de jurados.

A diretora era a apresentadora.

Vagner foi chamado ao palco armado na quadra da escola. Contou como compôs o rap:

– Eu não tinha nenhuma ideia do que fazer, nem do que falar, mas de repente a letra veio prontinha na minha cabeça. Foi pura inspiração e daí saiu esse rap!

Ele começou a cantar, e eu acompanhava com toda alegria. Eleonora e Tuco batiam palmas. Augusto a tudo assistia, sorrindo. Eu olhava para os lados e, contemplando a alegria dos jovens, me recordei de Jeferson e Eduardo.

Ainda podíamos fazer alguma coisa por eles, e iríamos fazer.

Vivo a cada dia me equilibrando numa corda
Não quero briga, sou poesia
Não sigo qualquer moda
Sou da paz, sou do bem
Meu rap é o amor
Quero ajudar alguém
Não rimo com a dor

Minha escola é meu mundo
Meu futuro eu que faço
Não dou bobeira um segundo
Meu destino eu mesmo traço

Depois do dia vem a noite
Na escola a lição
Não condeno a ninguém
Mas se liga, meu irmão
Se você quer ficar drogado
Eu não vou compor contigo
Meu barato é a paz, se liga meu amigo

Tem família, tem esporte
Tem tudo pra rolar

Tem garotas e beijinhos
Tá por fora se drogar
Sou da paz e do colégio
Estudar também é dez
Na pegada desse rap tu mostra quem tu és

Não tem pá, conversa mole
Aqui o papo é de primeira
Meu barato é viver de boa
Amar é minha bandeira
Canta agora, meu irmão
Esse rap escolar
Nota alta mina em volta
Tô de boa vou amar
Tem estrela lá no céu

No coração toda vontade
A garota nos meus braços
Quero viver em liberdade
Sai fora dessa parada
Droga é alienação
Cheiração não tá com nada
Bota fé na curtição

De mansinho vou saindo
Vou ali e volto já
Não vivo de bobeira
O meu rap vai bombar
Agora falo sério
Vem comigo, vem viver
Para amar não tem mistério
Tô de boa vou vencer

Nossa alegria era genuína, porque nascia da certeza de que por mais que novos problemas surgissem na escola outros caminhos seriam descobertos.

Os jovens encarnados na Terra hoje têm por condição o desejo e a necessidade de saber o porquê das coisas.

Cada vez mais a autoridade dos educadores se dará pelo exemplo, caso contrário, as contestações se tornarão mais frequentes levando a dissensões que afastam, que quebram a confiança entre pais e filhos, educadores e educandos.

23

Jovem Médium

Vagner foi o vencedor do concurso de rap na escola.

Ele é um jovem muito talentoso e especial, mas nosso intercâmbio aconteceu e a mediunidade tem essa beleza.

Eu, Augusto e Eleonora participamos, acompanhando a mãe de Vagner na reunião com o dirigente encarnado da casa espírita, a respeito do aproveitamento dele como médium.

Embora os espíritos responsáveis pela casa concordassem conosco acerca da necessidade de Vagner trabalhar, o dirigente encarnado, embasado apenas em suas convicções e receios pessoais do que por uma reflexão séria sobre as obras básicas da Doutrina que abraçava, não autorizou a atuação dele na reunião mediúnica.

Haveria o compromisso por parte dele em participar do grupo de estudo indicado pelo próprio dirigente, a promessa de assiduidade e tudo que fosse possível fazer, mas mesmo assim o dirigente se manteve firme em considerar que Vagner era muito jovem para isso.

Ficamos decepcionados, mas essa situação vai sendo revista, gradativamente, por alguns dirigentes.

Inspiramos ao jovem médium o comportamento paciente e o devotamento às atividades em que ele pudesse participar.

Assim também foi o conselho de sua mãe: confie e espere!

Com a entrega de muitos jovens, as loucuras desses tempos de transição, a aproximação de espíritos ignorantes é flagrante e persistente cada dia mais.

Como todo adulto médium, o jovem também necessita de orientação e estudo para lidar com essa interação psíquica que todos vivenciam em suas vidas.

É urgente que tenhamos reuniões com conteúdo doutrinário voltado para esse público.

É preciso estudar Kardec e O *Livro dos Médiuns* junto com os jovens.

Preocupemo-nos mais com o esclarecimento, com a educação.

Falar acerca da influência dos espíritos nas baladas, nos motéis, nas rodas de bebida, nas festas *rave*, nas discussões do lar, nas brigas de trânsito, nos rachas de automóveis...

Conversar sobre as transas casuais, sem amor, que tudo isso tem consequência espiritual.

Uma reunião pública mensal em que os temas juvenis, à luz do Espiritismo, sejam tratados, é ação cristã.

A Doutrina Espírita está no mundo para informar e educar, mas não para catequizar, nem induzir, muito menos violentar consciências.

Quantidade imensa de jovens está sendo arrebatada por forças espirituais das trevas por falta de informação.

Que instrumento maravilhoso é a mediunidade.

Eu que não tenho mais um corpo físico, mas posso estar

presente na dimensão material por meio de médiuns, sei muito bem o quanto essa faculdade é importante.

Por esse canal de comunicação transita o consolo, o esclarecimento, a informação, mas também a ignorância, a perturbação e a maldade.

Acredito que esse seja um assunto urgente para ser tratado junto aos jovens, porque todos vivem cercados por muitos espíritos, "a nuvem de testemunhas", que o apóstolo Paulo escreveu, e eu que faço parte dessa nuvem invisível, vejo todos os dias a força que alguns espíritos ignorantes têm na vida dos jovens médiuns.

O foco da nossa fala tem sido o jovem médium, mas é fundamental que os médiuns experientes também se esforcem por participar dos grupos de estudo que tratam desse tema.

O médium que busca o estudo constante, a leitura edificante, é sempre procurado pelos Benfeitores para o serviço de amor e caridade.

Testemunhei, há certo tempo, em uma reunião mediúnica, uma situação singular que serve para nossa reflexão.

Na fila da dimensão espiritual, um espírito que fora conceituado cantor e compositor na Terra aguardava atendimento.

Fui autorizado a me aproximar dele, pois desejava aprender e saber de sua situação.

Ele estava junto com uma senhora que o tratava amorosamente.

Com muito tato, aproximei-me e indaguei:

– Olá, meu nome é Luiz Sérgio, é a primeira vez que vem ao centro espírita?

– Qual nada, já estivemos em vários centros espíritas, mas nunca alcançamos nosso objetivo.

— A senhora é...

— Sou avó dele e estamos em busca de algum médium que tenha condições de transmitir uma mensagem.

— Eu só queria me comunicar, dizer algumas palavras – ele falou me olhando. – Não vim aqui para ser convertido, não estou nessa, pelo menos ainda não.

— Mas o que está acontecendo? Por que você não conseguiu ainda?

— Porque quando ele se apresenta e se mostra, os médiuns acham que mesmo "morto", ele tem fama. A fama ficou na Terra, dentro do caixão, não veio para o lado de cá. Aqui ele é só mais um.

— Acho tudo isso uma piração, cara! – ele falou.

Eu fiquei com muita vontade, para aproveitar aquela rara oportunidade, de aprender e transmitir o que vi.

Sem rodeios indaguei:

— Você se incomoda que eu faça algumas perguntas e transmita para algum médium? Acho que é um jeito de poder enviar a sua mensagem. Se importa?

— Não...

Ele foi curto na resposta, mas senti que aceitava minha abordagem com tranquilidade.

— Por que você não conseguiu ainda enviar uma mensagem?

— Eu me identifico, mas o médium fica com medo de se expor.

— Por que você acha que isso acontece?

— Isso acontece porque o pessoal que consegue se ligar nos "mortos" acredita que só porque eu fui conhecido na Terra não posso me manifestar por eles.

– Você já foi discriminado?

– Várias vezes...

– Que tipo de discriminação?

– A maioria me trata como um viciado pervertido. Cara, eu não virei santo, apenas morri, larguei aquele corpo que detonei sem juízo.

– Já tentaram converter você?

– E como, muitas vezes. O engraçado é que do lado de cá tem muito carola e crente querendo me levar para Jesus.

– E o que você disse para eles?

– Se eu tiver que encontrar Jesus, vou andando com minhas próprias pernas. Percebi que do lado de cá todo mundo ainda vive procurando Jesus, deve ser porque ele vive do lado de dentro das pessoas em suas ações. E não na hipocrisia desmedida de quem arrota santidade e só come falsidade.

– Posso dizer seu nome na mensagem?

– Pode, meu nome é Agenor, diga apenas isso.

– Como foi que você se sentiu ao se perceber vivo?

Ele virou os olhos de maneira esquisita e disse:

– Foi como acordar, mas a fraqueza que eu sentia não me deixava perceber muita coisa. Nem sei quanto tempo perambulei por lugares sinistros e muito estranhos. Não encontrei com o capeta, nem com Deus. À medida que eu ficava lúcido me deparava com o meu próprio inferno, cara, cada um tem seu próprio inferno. Não é loucura, é constatação. E foi no inferno que construí para mim, que passei a morar. Minha cabeça era como um projetor de filmes, mas cheio de replays. As loucuras iam e vinham feito uma ciranda maluca. Eu ficava alucinado. Gente, muita gente embalando comigo. Cheiração, sexo louco e muita bebida. E eu fugia, mas em cada porta que se abria nova alucinação pintava. Uma doideira geral.

Por um instante, ele silenciou, sua avó ajeitou seus cabelos e após uma tosse seca, prosseguiu:

– Nem nos meus maiores embalos fiz uma viagem como essa. De vez em quando uma brisa me refrescava, mas não era uma brisa de vento, era um frescor por dentro, uma trégua breve. Cara, sabe quando você está a mil e tudo se pacifica e faz silêncio? Eu sentia isso, depois descobri que algumas pessoas me amavam de verdade, mesmo eu sendo aquela "coisa louca". Essa refrescância que eu sentia vinha do coração de algumas pessoas, é isso mesmo cara. Elas me enviavam essa brisa que vem do coração de quem ama você. Não encontrei jardim do Éden e não tenho nada para contar do paraíso, mas hoje quero apenas falar que estou vivo e sobrevivendo da caridade de quem me ama. O tempo não para de verdade, e eu estou vivo com meus moinhos de vento.

Ele silenciou e eu perguntei:

– Você quer dizer alguma coisa para os jovens que vão ler essa mensagem?

– Não tenho rotas ou roteiros, nem mensagens salvadoras. Sei apenas que cada um vive como quer, com as escolhas próprias, mas nos defrontamos com nossa consciência e dela não dá para fugir. Recebi o que dei. Ninguém se ausenta da vida e é ela a única realidade que eu conheço hoje.

– Você vai continuar tentando se comunicar com alguém?

– Hoje me basta aparecer nos sonhos da minha mãe, mais nada. Se você vai publicar o que falamos, para mim basta. Lá ou aqui, todo mundo é igual quando sente dor.

— Acho que já se falou o suficiente — a Avó pediu.

Agradeci muito tudo que ele havia dito.

Não o conheci na Terra, mas tomei contato com sua situação, e atendi, mesmo sendo o encontro improvisado, ao pedido de alguns espíritos que queriam notícias dele.

Esse fato que vivi serve perfeitamente para ilustrar a necessidade de se divulgar a realidade espiritual e a mediunidade.

É importante se compreender que a vida continua após a morte física, e que o espírito que atinge certa projeção artística no mundo material tem graves responsabilidades na vida das pessoas que lhe seguem a trajetória, como fãs.

O espírito pode ter sido muito famoso na Terra, mas ele é apenas mais um amado filho de Deus do lado espiritual da vida.

Minhas lembranças foram interrompidas por Augusto:

— Precisamos localizar a mãe de Jeferson, quem sabe com a colaboração dela não conseguiremos ajudar aquele garoto a despertar?

— Você está certo, Augusto, amor de mãe tem um apelo imenso no coração da gente, eu que o diga ao pensar na minha.

24

Nova Vida

– Luiz Sérgio, parece um tanto estranho que a mãe dele não tenha sido localizada – Augusto comentou.

– Tem razão! As mães, como representantes da expressão do maior amor sobre a Terra, sempre advogam por seus filhos. Seja ele quem for, mesmo que tenha praticado algum equívoco.

Tuco partiu em busca de alguma informação que pudesse nos ajudar, e logo retornou.

Eleonora aproximou-se e se juntou a nós, eu indaguei:

– E então, Eleonora, como está Vagner?

– Muito feliz pelo resultado do concurso de rap, mas um tanto frustrado pela negativa do trabalho mediúnico.

– Vai ficar tudo bem, tenho certeza disso. Ele vai ser mais absorvido nas atividades da juventude e lá poderá servir de instrumento a receber inspiração dos espíritos amigos.

– Também penso assim, Augusto. Estamos passando por mudanças em todos os setores da vida humana, e na casa espírita não será diferente.

– É verdade, Eleonora – afirmei. – Nossos Benfeitores sempre utilizam as nossas melhores possibilidades de serviço. Tudo vai dar certo.

– Olhem quem vem chegando! Alguma novidade, Tuco?

– Sim, Luiz Sérgio, trago uma novidade.

Ele ficou em silêncio, aumentando a nossa expectativa.

– Diga logo, Tuco! Qual é a novidade?

– A novidade é que a mãe de Jeferson já está reencarnada.

– E quem é ela, Tuco?

– Luiz Sérgio, você não vai imaginar?

– Fale logo, Tuco! – Eleonora pediu aflita.

– Ela está reencarnada e estuda aqui na escola.

– Nós vamos ter que implorar para que você diga quem é?

– Desculpe, Eleonora, mas é que foi um choque, a mãe do Jeferson que hoje é uma estudante da escola é a Marina. Sarah, esse era o nome dela como mãe de Jeferson, hoje é Marina, a garota que Eduardo queria pegar, incentivado pelo próprio Jeferson.

– E agora? O que vamos fazer? – Eleonora indagou surpresa.

– Precisamos promover um encontro entre eles.

– Mas como isso irá acontecer, Augusto? – eu quis saber.

– Após o sono físico, poderemos aproximar os dois.

Lembrei-me do dia em que Marina orou por Eduardo e resolvi contar.

– Marina fazendo prece pelo Eduardo. Isso é bem interessante, porque demonstra que de certa forma ela tem afeto por ele.

– Sim, Augusto, se ela gosta dele é natural que ore. Talvez não tenha coragem de confessar que gosta do garoto perigoso da escola – Tuco observou.

– Estou achando bem complicado fazer com que Marina nos ajude. Mas de qualquer forma, ter a mãe de Jeferson reencarnada como adolescente na escola que ele dominou até bem pouco tempo é algo que devemos considerar.

– Você está certo, Luiz Sérgio. Não poderemos fazer isso, não tem como, nesse momento – Augusto admitiu.

Alguns dias se passaram, e tudo caminhava normalmente.

As aulas na escola estavam tranquilas.

Nossa preocupação com Eduardo e Jeferson continuavam, e em uma de nossas conversas nós decidimos visitar Eduardo.

Não foi surpresa encontrar Jeferson ao lado dele, já que a ligação fluídica e a sintonia eram intensas.

Eduardo estava envolvido em algumas tarefas na instituição.

E assim que Jeferson nos viu, irritou-se profundamente:

– O que vocês querem comigo? Já não conseguiram o que queriam?

– Viemos ajudar, Jeferson, sabemos que você está sendo perseguido – Augusto asseverou.

Ele se constrangeu, pois sabíamos que a gangue dos traficantes não o deixaria em paz por causa da retomada da escola.

Aproveitei aquele instante de hesitação para intervir.

– Não somos seus inimigos, Jeferson, podemos ajudar de verdade. Sei de um lugar perfeito onde você pode se esconder e se manter em segurança.

Seu semblante denunciava a insegurança que se mostrava a cada frase nossa.

– Eu não posso confiar em vocês!

– Por que, não? – Tuco perguntou.

– Nunca fizemos nenhum mal a você! – Eleonora comentou.

— Você não está cansado dessa vida? Desse jeito nunca terá um segundo de paz. Acredite, ninguém aqui quer enganar você. Se você vier conosco as coisas irão mudar. Eu prometo! – Augusto afiançou.

— Eu nunca tive ninguém em quem confiar.

— Nós sabemos disso! Se você acreditar na gente não irá se arrepender. Olhe para o Eduardo, ele também precisa ter paz, você não precisa seguir assim, influenciando-o desse jeito. Ele também precisa refazer a vida dele. Que utilidade alguém pode ter estando privado da liberdade? Tanto você, quanto ele, precisam recomeçar! Me chamo Luiz Sérgio e quero muito ser seu amigo.

— Vocês vão me prender?

— Claro que não! – respondi.

— Vão querer me converter a Jesus?

— Ninguém converte ninguém a Jesus, ele entra sozinho no coração da gente, precisamos apenas abrir a porta! – falei emocionado.

O semblante de Eduardo, que antes estava tisnado de irritação, também demonstrava relativa suavidade.

— Não perca essa oportunidade, Jeferson, venha com a gente! – insisti.

— Para onde irão me levar?

— Para um lugar seguro, onde você não vai correr risco algum – é o centro espírita.

— Tem certeza?

— Tenho! – assegurei.

— Não podemos levar Eduardo junto?

— Ele precisa refazer a vida dele, e você também.

Naquela altura da conversa, Augusto já estava ao lado dele e silenciosamente orava.

Eleonora fazia a mesma coisa.

– Venha comigo, garoto, pode confiar, nós iremos ajudar você! Vai poder estudar, encontrar as pessoas que amam você.

– E tem alguém que me ama?

– Tem sim, a tua mãe te ama muito.

– E porque ela nunca me procurou se não estamos mortos?

– Ela não procurou você porque não pôde, mas ela te ama e se aceitar nossa ajuda certamente poderá descobrir as respostas que você tanto procura.

Jeferson abaixou a cabeça, e eu percebi que estava diante de um garoto, como tantos outros, que nas duas dimensões da vida necessitam de amor.

25

Novas Esperanças

Partimos dali com o coração em festa.

Não imaginávamos que conseguiríamos amparar Jeferson.

Na verdade, ele estava cansado de tantas lutas e inquietações.

Quando chega o momento do amor de Deus intervir tudo acontece.

Levamos nossa preciosa joia para o centro espírita próximo à escola.

Jeferson foi recebido com alegria profunda pelos corações amorosos de todos os trabalhadores de nossa esfera.

Ainda profundamente vinculado a Eduardo, Jeferson recebeu passes fluídicos para aliviar as impressões físicas que ainda eram muito intensas em seu perispírito.

Auxiliado pelos tarefeiros, foi recolhido em ambiente adequado para aguardar a reunião mediúnica da noite.

Era importante que ele tivesse contato com a reunião desobsessiva, pois algumas instrumentações que o auxiliariam são utilizadas nessa reunião especializada.

– Fizemos o que estava ao nosso alcance, Luiz Sérgio, agora Jeferson deve fazer a parte dele.

– Eu me sinto imensamente feliz. Veja, Augusto, quantos garotos estão perdidos nesse mundo e um simples bate-papo poderia ajudar? Um pouco de atenção e amor seria a solução e preveniria séculos de sofrimento.

– É verdade, Luiz Sérgio, mas nada escapa às Leis Divinas. Aqueles que nos parecem vítimas dos quadros dolorosos estão recolhendo os desvios e desalinhos praticados em passadas oportunidades. Nosso coração se compadece do jovem ou da criança que dorme sob a marquise. A miséria humana é resultado do egoísmo da humanidade, não foi Deus quem criou a dor. A Terra é um planeta de ajustamentos da Lei Divina, e mesmo que não compreendamos, as dores têm propósitos santificantes. Marina, Eduardo e Jeferson estão ligados de alguma forma que ainda não conseguimos sondar, mas Deus tem algo a nos dizer com essas aparentes "coincidências". É a pena da Escrita Divina aproximando almas, reunindo os filhos de Deus para a quitação dos débitos perante a vida. Creio que essa história entre esses personagens ainda não tenha terminado.

– Também tenho essa impressão – comentei. – Acredito que novos caminhos serão abertos com a rendição de Jeferson e a consequente transformação de Eduardo. Ele irá reaprender a pensar sozinho. Durante certo tempo, Jeferson comandou as vontades dele, que por entrega própria vivia alienado. Sucumbia sistematicamente à influência de Jeferson. Eduardo era o hospedeiro que se deixava conduzir por Jeferson, seu hóspede mental.

— Semelhança de gostos, Luiz Sérgio, inclinações morais, preferências, é isso que nos aproxima dos homens.

— Sem dúvida, Augusto. O que podemos fazer para ajudar os jovens que vivem cativos de outras mentes desencarnadas?

— Trabalhar, socorrer, levar notícias do que se passa em nossa dimensão. É isso que você está fazendo agora, levando informações que contribuem para o despertar dos jovens. A produção de livros que contemplem esse público que anda esquecido deve ser a nossa preocupação.

— Trabalharemos em outras linhas literárias, não apenas nesse formato repórter. Quero levar mais informações em linguagens mais atraentes, uma forma de trabalho mais diversa, que contemple a diversidade comportamental desses nossos dias de transição.

— O crescimento de casos violentos entre os jovens precisa ser abordado.

— Tenho muito interesse em entrar nesse universo e divulgar essas informações. O jovem precisa compreender a oportunidade que é estar encarnado. Não é possível agir como se tudo fosse um jogo de dados, onde um dia as coisas correm a favor, no outro dia tudo dá errado. Veja o caso de Jeferson, eu acredito que o argumento que o convenceu a aceitar a nossa ajuda foi o medo dele ser pego pelos traficantes. Entendo que ele está cansado dessa vida de sofrimentos que sempre teve, mas ele conhece muito bem a turma do lado de lá, por isso também sucumbiu.

— Por outro lado, temos garotos e garotas iguais a Vagner, que nos enchem de esperança e alegria.

— É verdade, Augusto, Vagner nos enche de esperança, estou até com vontade de inspirá-lo na composição de uma nova música.

— E por que não?

— Eu fiquei até agora ouvindo a conversa de vocês, aproveitando para aprender mais – Eleonora comentou. – Temos que aproveitar os canais mediúnicos que estão abertos e com boa vontade, para levar livros, música e toda forma de arte que ajude o mundo a viver em paz.

— Vou pedir minha inclusão aos grupos de socorro que atuam na Terra – Tuco falou.

— Seu trabalho visitando e levantando problemas nas escolas é importante, Tuco.

— Eu sei, Augusto, mas quero participar mais de perto das situações de risco, as mais perigosas. As grandes cidades têm suas pequenas guerras nos bairros. São muitas gangues do nosso plano, vinculadas a outras tantas da vida material. Muitos jovens do nosso lado desarticulam, como verdadeiras equipes de emergência, confrontos terríveis e violentos. Embora me sinta feliz trabalhando nas escolas, gostaria de tentar proteger mais jovens que sofrem com a violência.

— Será que isso ainda vai ter fim? – Eleonora indagou.

— Claro que sim, como nos ensinam os nossos Benfeitores, quando houver a predominância do espírito sobre a matéria isso irá acontecer.

— Augusto tem razão, quando o Espírito prevalecer sobre a matéria. É por isso que devemos nos alegrar, pois somos portadores das notícias que transitam entre as duas dimensões. Não podemos temer a violência, nossa luta é para acabar com a violência que mora no coração dos homens, a luta é íntima. Nossos esforços devem convergir para a construção dos templos de paz em nossa alma. Isso muda o mundo. Na raiz de toda violência reside o egoísmo, o orgulho ferido, a vaidade humana, o desejo de submeter os outros às nossas vontades e delírios. Um dia viveremos a realidade do homem transformado.

– Temos outras escolas dominadas por mentes criminosas – Tuco asseverou.

– É verdade, mas existem outros Tucos, Augustos, Luiz Sérgios e Eleonoras combatendo o bom combate – afirmei. – Ainda existe esperança e ela vive em nós.

Nossa conversa foi interrompida por um senhor negro de cabelos brancos.

– Com sua licença, vim aqui para agradecê-los!

– Mas, a que exatamente? – Augusto perguntou.

– Meu nome é Afrânio e sou o espírito protetor de Jeferson. Minha alegria é imensa, pois meu menino vai ter nova oportunidade de se modificar. Movi céus e terras para tirá-lo desse caminho, mas nunca consegui.

– Eu vi o senhor na escola algumas vezes, mas não sabia que era ligado ao Jeferson.

– Ele sempre recusou minha ajuda, a revolta se instalou naquele coração e fez morada. Eu penso que jovens podem ajudar outros jovens, facilita a aproximação, e foi isso que vocês fizeram. Mesmo tendo vínculos com Jeferson, de outras vidas, a revolta que ele alimentava bloqueou todas as minhas iniciativas para tocar o coração dele.

– Jeferson está no centro espírita recebendo ajuda – informei.

– Queria contar a vocês que ele vai reencarnar e isso é uma bênção para o crescimento dele.

– Mas tão rápido assim? – Eleonora questionou.

– Há algum tempo venho rogando aos setores responsáveis a reencarnação compulsória desse espírito.

– E conseguiu? – agora era Tuco quem perguntava.

– Consegui, mas a volta dele ao mundo não será tão fácil assim, pois ele reencarnará com certa limitação mental. Espíritos recalcitrantes no crime estão tendo nova oportunidade de voltar ao mundo, mas com instrumentos físicos limitadores.

26

Eduardo e Marina

Afrânio trazia-nos informações importantes sobre Jeferson.

– Do centro espírita, ele irá para os departamentos que cuidam da reencarnação a fim de se preparar para a vida nova.

– A rapidez desse processo me impressiona, Afrânio! – afirmei.

– Cada ser é um universo misterioso, e só o Pai pode sondar. As transformações ocorridas no planeta é que estão determinando a partida de vários espíritos. O aparecimento dessas moléstias tem um fim, uma finalidade que a maioria de nós não consegue imaginar. Mas o Pai, que é bom e soberanamente justo, encaminha seus filhos para aprenderem a amar. A realidade da disseminação de epidemias nos países tropicais, que para muitos são assustadoras, são recursos divinos para a cura das almas.

– Nossa visão é limitada, não é mesmo, Augusto?

– É verdade, Luiz Sérgio. Mas devemos observar que todo esse contexto é gerado pelo egoísmo humano. A devastação ambiental, a disseminação de produtos químicos no meio ambiente, ocasião em que indústrias poderosas fazem experimentações sigilosas para a produção de medicamentos novos. O homem comum não faz ideia do número de vírus lançados no meio ambiente por indústrias farmacêuticas, que visam à criação de medicamentos e o consequente lucro. O crescimento da microbiologia permitiu o avanço tecnológico voraz que visa apenas o dinheiro. Muitos manipulam números e contam em suas estatísticas com determinado número de perdas humanas para essa ou aquela experiência. O homem faz, mas Deus é quem está no comando de tudo, e por tudo isso é que as moléstias que começaram nos países tropicais oportunizam à Divindade o envio de alguns filhos que necessitam passar por nova encarnação expiatória.

– Ainda hoje, após a reunião, Jeferson será levado e entrará em processo sonoterápico aguardando o momento da fecundação.

– Lamento interromper essa edificante conversação, mas recebi a informação de que Eduardo foi liberado do instituto educativo.

– Tem certeza, Eleonora?

– Tenho sim, Luiz Sérgio, ele já está na rua.

Afrânio sorriu e mais uma vez agradeceu nossa ajuda, partindo em seguida.

– Vamos até a casa de Ilka, Marina tem sido acolhida por ela, como filha do coração.

– Acho melhor procurarmos pelo Eduardo – sugeri.

Não foi difícil localizá-lo e junto com ele, Marina.

– Eu prometo a você que farei de tudo para melhorar.

– Vai parar de beber?

– Claro que sim! Por você eu nunca mais bebo nada.
– Promete?
– Prometo!!!

Marina, do mesmo modo que muitas garotas, se iludia ainda alimentando o sonho de um amor de novela.

Ela fez de tudo para se manter afastada daquele garoto, mas uma força estranha, a qual não conseguia resistir, a atraia para Eduardo.

O celular dela tocou, era Ilka querendo notícias.

A mãe de Marina era muito ocupada com o trabalho e dava total liberdade para a filha.

Dizia que Marina merecia sua confiança, assim ficaria mais fácil para se justificar perante a própria consciência e responsabilizar a própria filha, caso algo de ruim acontecesse.

Com os horários rigorosos, Marina só falava com a mãe aos domingos, pois ela estudava pela manhã e quando chegava em casa a mãe não estava mais, voltando para casa apenas às dez horas da noite.

Elas trocavam poucas palavras e se isolavam, cada uma em seu próprio quarto.

– É a Ilka, preciso atender!

Eduardo franziu a testa contrariado, mas ele não queria desagradar a garota, logo naquele momento em que tudo estava a seu favor.

– Alô... Ilka? Estou bem sim... Está certo, eu passo por sua casa sim, pode deixar... Eu gosto sim... Obrigada... Tchau...

– Algum problema?

– Não, Edu...

– Olha só, minha gatinha me chamando de Edu. Você me ama, Marina?

– Eu não sei o que eu sinto – ela enrubesceu.
– Quero pedir a você uma prova de amor...
– Uma prova de amor? Como assim?
– Algo especial, que sempre desejei – ele falou maliciosamente.
– Não sei o que é.
– Quero que você se entregue pra mim.
– Eu não posso fazer isso! A gente nem começou a namorar direito. E eu não gosto dessa coisa de ficar.

Eduardo sentiu profunda contrariedade, mas procurou se conter.

E acentuando mais ternura na voz, falou calmamente.

– Me perdoe, é que eu nunca tive ninguém assim e tenho medo de perder você! – Dizendo isso, ele se agarrou a ela dramatizando a situação.

Com inocência, ela o abraçou e disse ternamente:

– Eu não vou te deixar.

Em sua alma, ela sentia certo desconforto, que não sabia explicar.

Certa intuição lhe vinha à mente pedindo para tomar cuidado.

O receio, às vezes, lhe causava certo temor.

Mas, ela suspirava e se deixava levar.

Eduardo era lindo, corpo bem feito e um sorriso cativante.

Ele a levou próximo à casa de Ilka:

– Gatinha, é melhor você ainda não falar da gente para a Ilka. Vamos esperar mais um pouco, promete?

– Prometo!

Eles se beijaram e ela se dirigiu para a casa da sua amiga e protetora.

– Tudo bem?

– Tudo, Ilka! Estou feliz!

– Se quiser me contar o porquê dessa felicidade enquanto a gente faz um lanche, eu gostaria de saber.

– Não sei explicar muito bem, mas estou feliz. Desde que você me aceitou como sua amiga e me trata feito sua filha, como posso não estar feliz?

– Você é a filha que não tive. Eu que agradeço a Deus por sua presença em nossas vidas.

Ilka abraçou a garota e elas lancharam.

Ela tinha grande preocupação com o número de horas que a jovem passava sozinha.

Chegou mesmo a pedir a Marina para apresentá-la à sua mãe, para que em noites mais complicadas a menina tivesse permissão para dormir em sua casa e pela manhã irem juntas à escola.

Após o lanche, elas decidiram assistir a um filme novo.

27

A Ilusão

– Nada está fora da Ordem Divina, mas temos sempre o livre-arbítrio para decidir o melhor caminho.

– É verdade, Luiz Sérgio, a decisão é sempre nossa.

– Estou vendo a jovem Marina caminhar a passos rápidos para um envolvimento sério com Eduardo, e sinto que ele a ilude.

– Vamos fazer o que estiver ao nosso alcance, mas não somos mágicos e não temos como intervir na vontade das pessoas. Nisso está a beleza da vida.

– Sei de tudo isso, Augusto, mas a gente sempre quer o final feliz.

– Verdade, Luiz Sérgio, todos queremos o final feliz, mas o final feliz só o amor verdadeiro pode construir. Veja que toda essa situação não corre à revelia da Assistência Espiritual e do amor de Deus. Temos Eduardo de um lado e a mãe displicente de Marina, mas do outro lado a Ilka representa o amparo do Criador.

— Tem razão, Augusto. Precisamos enxergar a vida com mais clareza, mais abrangência.

— Eu diria que precisamos ter mais fé no Criador, na Providência Divina, porque ninguém se encontra ao desamparo.

As palavras de Augusto refletiam grande verdade, Deus não deixa de amparar seus filhos em momento algum.

Não faltava material para reflexão e principalmente para o livro novo, e isso enchia minha alma de júbilo e gratidão.

Conforme Afrânio nos explicara, Jeferson foi levado para o departamento de reencarnação.

Na condição em que escolheu viver nos últimos anos, ele não tinha maturidade espiritual para auxiliar na elaboração de seu programa de volta às lutas redentoras.

Afrânio e outros espíritos próximos decidiram pelo roteiro de Jeferson no mundo, consoante a condição e o seu histórico espiritual.

O papel de Eduardo nessa trama me intrigava.

Jeferson era o filho que Marina havia deixado no mundo, quando morreu prematuramente.

E Eduardo?

— Eduardo é o pai alcoólatra, Luiz Sérgio!

— Você deu para ouvir pensamentos agora, Augusto?

Meu querido instrutor e amigo soltou um sorriso largo.

— Não se esqueça, meu amigo, que estamos juntos nessa tarefa e que a sintonia é grande. Suas indagações são as mesmas que as minhas.

— Que coisa incrível o que estamos presenciando. Três jovens vinculados em grave programa de resgate.

— Mas o que você queria, meu amigo Luiz Sérgio? A razão desse seu novo trabalho é para alertar os pais e educadores, assim como os dirigentes espíritas, acerca da importância de se abrir frentes educativas consoante os postulados espíritas. Os programas reencarnacionistas não são elaborados para adultos apenas. Esses programas são elaborados para os espíritos imortais, que somos todos nós. As Leis Divinas não são executadas por faixas etárias, elas existem para todos.

– Esse trabalho se reveste de muito significado diante das barbaridades que observamos na sociedade do mundo, no seio das famílias. Por tudo que estamos testemunhando, Eduardo continua o alcoólatra inveterado e possivelmente teve seu histórico de bebidas rememorado dentro do próprio lar. Muitas crianças, que voltam ao mundo na condição de dependentes químicos, recebem a primeira gota da droga ao lamber o dedo paterno. Jeferson, provavelmente, aumentará o número dos que nascem com a distonia da microcefalia, mais um que retorna à Terra pelas vias da atuação das leis naturais. Contudo, Marina, sonhadora, mas de coração puro, teve participação na elaboração de seu projeto reencarnacionista, pediu para amparar o pai e o filho que parecem sucumbir nas provas que falharam. E todos poderíamos dizer: Mas, quantas dores e lágrimas. – Na verdade devemos erguer as mãos para o alto e agradecer afirmando: Mas, como Deus nos ama! Pois, nos reúne novamente ensejando a cada um de nós a bênção do recomeço, da renovação, das esperanças.

– Sem dúvida, Augusto. Não há motivos para o desânimo, porque ninguém pode fazer a lição de casa pelo outro. Como nos grupos escolares, não há como ser promovido de grau, sem que se tenha aprendido a lição. Eu não posso aprender por você, e você não pode aprender por mim. E assim se cumpre a lei de amor, que dá a todos as mesmas oportunidades.

Silenciamos e oramos emocionados.

Para nossa surpresa, Afrânio retornou sorridente.

– Amigos, venho participar-lhes que o nosso Jeferson já está no aguardo do momento abençoado da fecundação.

– Então, os pais serão Eduardo e Marina?

– Isso mesmo! – Afrânio afirmou.

– Ficamos felizes com a boa notícia. Alguns pedem tanto para voltar ao mundo e esperam por anos e mais anos. Outros, por sua vez, são enviados de volta de maneira compulsória – afirmei.

– Nada se compara à alegria do retorno. É certo que alguns temem e chegam a abdicar desse momento único na evolução do espírito, mas eu vejo o retorno à carne como mais um voto de confiança de Deus em nós. Eu me recordo das lições de Jesus a respeito do perdão, quando Ele nos pede para perdoar setenta vezes sete vezes. Entendo que cada reencarnação seja um novo perdão que a Misericórdia Divina outorga a nós. A cada novo corpo, recebemos o esquecimento do passado como dádiva do perdão de Deus. Quantas luzes em nossos caminhos se acendem por misericórdia do Criador. Cada vida que volta ao mundo é uma esperança de Deus para renovação do mundo.

Eu registrava cada palavra como joia preciosa que eu iria colecionar por séculos sem fim.

– O que me preocupa apenas – quis argumentar – é a maneira pela qual a gravidez pode se dar. O comportamento de Eduardo, isso me preocupa.

– Jovem, Luiz Sérgio, Eduardo ilude-se, compromete-se ao barganhar as coisas santas da vida, como o sexo pelo gozo fútil e descompromissado do respeito e do amor. Nada escapa às leis amorosas de Deus. Todavia, Deus dá vida nova a quem não aprendeu a se valorizar.

Os olhos lúcidos de Afrânio brilhavam de contentamento, graças à sua compreensão da vida.

– Que os nossos jovens possam ler esses relatos e despertar para as graves responsabilidades das quais estão imbuídos.

– Sim, Augusto, trabalhemos!

Os dias se passaram, e os encontros entre Marina e Eduardo aconteciam, cada vez mais repletos de intimidades.

Até que numa tarde em que ela estava sozinha em casa, ele chegou ao portão e pediu para entrar.

Ela sentiu certo receio, mas acabou cedendo.

Assim que ele lhe beijou a boca, ela sentiu o gosto e o cheiro da bebida.

Ela tentou se esquivar, mas descontrolado pelo álcool e pelos instintos primitivos, ele forçou e a conjunção carnal aconteceu.

Insano e perturbado, Eduardo saiu da casa dela.

O coração de Marina se despedaçou, pois os sonhos terminavam ali.

Ela percebia que ele nunca deixaria de beber.

Correu ao banheiro e chorando no chão do box tentou se lavar.

Ela não via, mas ao seu lado a Equipe Espiritual responsável pela encarnação de Jeferson preparava-se, porque em poucas horas a fecundação ocorreria, e o perispírito de Jeferson seria ligado à célula-ovo.

28

Sofrimento

Marina guardou segredo da situação que vivenciara com Eduardo.

Sua carência e fragilidade emocional a aproximaram mais ainda de Ilka.

Para a mãe, ela não tinha coragem de contar.

Mas, com o passar dos dias, ela vomitou no momento em que Ilka preparava o lanche.

As lágrimas irromperam do coração para o rosto.

Sem conseguir esconder sua dor ela confessou.

Ilka levou um choque, mas, rapidamente se recompôs, sabia que a garota só tinha a ela e à mãe.

– Acalme-se, eu vou ajudar você... Falarei com sua mãe e ela haverá de entender.

Marina não disse nada.

Naquela mesma noite, Ilka aguardava a chegada da mãe de Marina.

Atarantada, ela chegou do serviço.

Com muito tato, Ilka conversou e contou tudo.

E se ofereceu para ajudar no que fosse possível.

Ela pediu para ficar sozinha com a filha, no que foi atendida.

Ilka voltou para casa, mas num sinal, pediu para Marina dar notícias.

Brigas e xingamentos, foi o resultado da conversa.

Dias depois, Marina mudou-se para a casa de Ilka e passou toda sua gravidez por lá; a benfeitora da jovem mãe tinha ajuda e compreensão do marido.

*****

Quantos jovens se encontram na mesma situação?

É impossível dizer. O Castelo do Pó ainda está de pé assim como as ilusões humanas.

Mas, o que posso afirmar com toda convicção é que só pela educação espiritual, aquela que dá sentido à vida, é que podemos minimizar o quadro de dores que a sociedade experimenta.

Ainda existe esperança!

E ela reside em cada coração de boa vontade, em cada família que se fortalece no amor e no serviço ao próximo.

Não existe razão para o pessimismo, a vida triunfa sempre, aqui e aí.

Somos uma mesma família, alguns com corpo, e outros despidos de carne.

O Espiritismo é uma ferramenta bendita, o Cristianismo redivivo, Jesus entre nós novamente.

A nos pedir perseverança, a nos pedir amor!

Unamo-nos nesse momento de transição, a humanidade daqui com a humanidade daí.

Mas, o elo que deve nos unir é o amor e a educação.

Jeferson não voltou ao mundo para ser castigado, pois para muitos as limitações físicas são castigos.

Ele retornou ao palco das provas redentoras para passar por processo educativo, no qual ele se matriculou por decisão própria.

Ressaltando mais uma vez a bênção da mediunidade para os dois planos da vida, decidi procurar o jovem médium Vagner, e com ele compus esse rap:

Ainda existe esperança

É partida é chegada
Na dinâmica da vida
Reencarnar é saída
Para a alma escolhida
É Deus nos dando a chance
De uma nova encarnação
É voltar para a escola e ter outra educação

Temos a família, que está com a gente nessa
Não perca essa chance, vem que a vida é essa
Erga os seus olhos, se encha de emoção
Terra estou de volta, feliz encarnação

Sou eu que faço a vida triste ou colorida
Nada de andar perdido na ilusão
No relógio corre o tempo e chega ao fim a vida
Então, deixamos o corpo dentro de um caixão

Na hora de partir não dá para levar
Dinheiro ou propriedades tudo vai ficar
Apenas o que cabe no seu coração
Amor e amigos nada de ilusão

Mas se liga camarada se você não aprendeu
Vou te dizer mais uma vez não ache que morreu
Se o perdão não fez parte do seu jeito de amar
Sinto muito te dizer, você vai retornar
Com a família que merece
Com os amigos e tudo mais
Vai ter que florescer junto com teus pais
E a vida segue em frente num grande vai e volta
Não adianta reclamar nem viver numa revolta

Para pôr fim nessa parada de partida e de chegada
De choro e de alegria e também de pessimismo
A dica que te dou vale uma encarnação
Estude e viva o Espiritismo, a Terceira Revelação.

Chegamos à reunião de jovens no centro espírita.
Eu, Augusto, Tuco e Eleonora nos abraçamos emocionados.
Edu fez a prece inspirado por Zoel.
Vamos voltar para contar outras histórias que a vida escreve e eu conto. O trabalho é a minha vida e nada irá mudar isso.
Vá na fé, vá no bem!

Até sempre!

Luiz Sérgio

Luiz Sérgio

Nasceu no Rio de Janeiro, em 17 de novembro de 1949. Filho de Júlio de Carvalho e de Zilda Neves de Carvalho.

Cursava o oitavo semestre da Faculdade de Engenharia Eletrônica da Universidade de Brasília - UnB. Pertencia ao quadro de funcionários do Banco do Brasil S/A. na Agência Central de Brasília.

Alegre e extrovertido, sabia fazer amigos com rara facilidade, sem distinguir idade, cor ou sexo. Apreciava a leitura e a música. Tocava violão, preferindo músicas românticas da bossa-nova.

Companheiro inseparável de seu irmão Julio Cezar, cursavam ambos as mesmas matérias na Faculdade, participavam das mesmas traquinagens de rapaz e eram lotados na mesma seção de trabalho, em horários iguais. Era conhecido nos meios em que habitualmente frequentava pelo apelido de "Metralha", por falar muito depressa. Andava muito ligeiro.

Desencarnou no dia 12 de fevereiro de 1973 e meses depois, enviou as primeiras mensagens para sua família. Com o tempo, o conteúdo de suas mensagens passou a despertar muito interesse e os livros não tardaram a se tornar realidade.

Desde então, seu trabalho no mundo espiritual tem socorrido, esclarecido e consolado muitas pessoas, principalmente o público jovem.

Agora ele volta com seu jeito acelerado e cheio de amor para nos dizer que, "ainda existe esperança".

As primeiras mensagens foram recebidas após 4 meses de sua desencarnação. A partir de então, foram publicados 36 livros sobre diversos temas de nosso cotidiano, apresentando o intercâmbio permanente entre nossos dois mundos: o material e o espiritual. O primeiro livro O *mundo que eu encontrei* foi publicado em 1976.

Inimigo Íntimo
Adeilson Salles

O homem moderno empreende a fuga da sua essência, e psiquicamente infantilizado busca no mundo os responsáveis por seu sofrimento.

Inimigo Íntimo é o diálogo do homem com suas contradições emocionais.

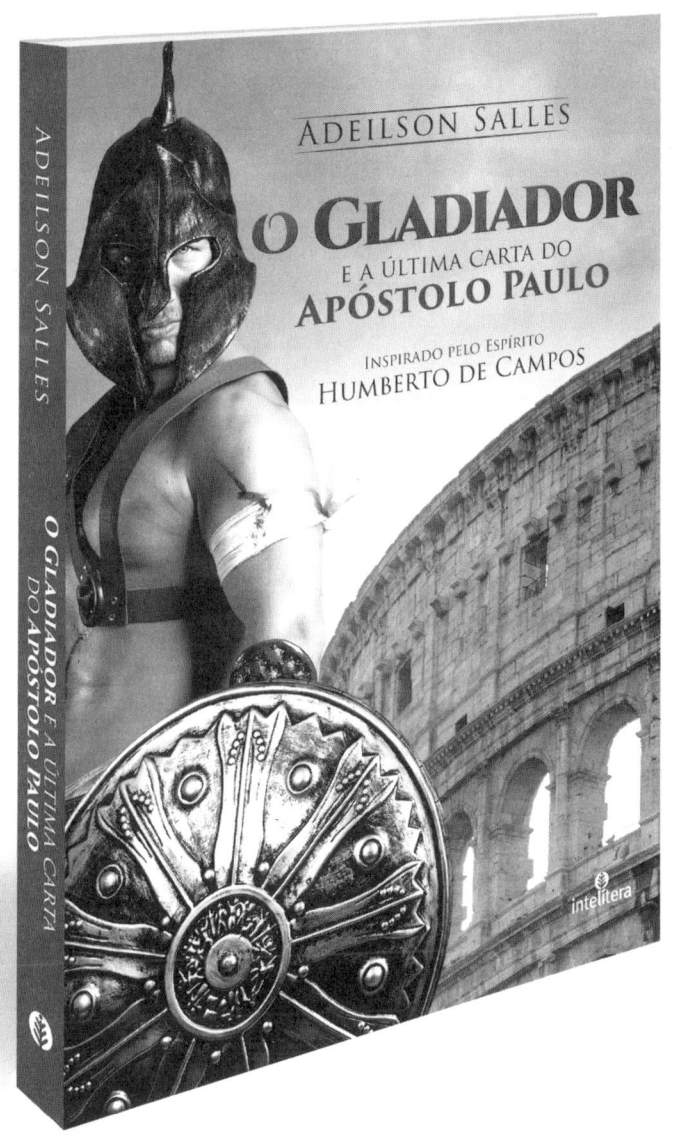

O gladiador e a última carta do Apóstolo Paulo
Adeilson Salles inspirado pelo espírito Humberto de Campos

Após a morte do apóstolo Paulo de Tarso pelos soldados romanos, cristãos encontram em sua túnica um pergaminho que vai desafiar um jovem gladiador a viver sua maior batalha, a fim de entregar a última carta de Paulo para seu filho espiritual, Timóteo.

Para receber informações sobre nossos lançamentos, títulos e autores, bem como enviar seus comentários, utilize nossas mídias:

intelitera.com.br
@ atendimento@intelitera.com.br
▶ youtube.com/inteliteraeditora
📷 instagram.com/intelitera
f facebook.com/intelitera

▶ Adeilson Salles
📷 adeilsonsallesescritor
f adeilson.salles.94

Esta edição foi impressa pela Lis Gráfica e Editora no formato 160 x 230mm. Os papéis utilizados foram o papel Hylte Pocket Creamy 70g/m² para o miolo e o papel Cartão Ningbo Fold 250g/m² para a capa. O texto principal foi composto com a fonte Sabon LT Std 12,5/18 e os títulos com a fonte Niagara Solid 30/35.